惑星

Narise Konohara
木原音瀬

集英社

惑星

1

目をあけたのに、暗い。ずーっと暗いまんま。ジブンの目、本当はあいてないんじゃないかなって、もっかいまばたきした。やっぱり、暗い。

鼻の奥んとこが、もわっとする。にごった水の匂い。あぁ、雨の匂いだ。音……雨の音はしてない。チチッ、チチッ、チチッ、チチッ……ちっちゃい音がする。うで時計を顔の前に持ってきて、横んとこの、指の先にあたるザリッとするのを押すと、チ、で音がなくなる。その下のつぶは、押したら時計の中がピカッと光る。まぶしくて、目がとじた。あぁ、時間、見れなかった。だからもう一回。今度はとじないように、がまんして目をあけてよう。

0430
ふわあああっ、あくびの後ろのとこでバサッと音がした。怒られた時みたいに、体がビクッてなる。近いぞ。何かなぁ……ネコ、ネコかな？　ネコは、黒いのと、茶色のがいる。茶色のはニャアニャアいっぱいなく。あっちのおじちゃんが、ご飯をあげてた。おいしそうだった。

音のしたほうに、ネコはいない。どこかかくれたな。スーパーのカート、コロコロがついたイスが逆さにつまれた山の向こう、歩道が見える。黒いかたまりがゆうら、ゆうら動く。街灯んとこで、かたまりはおっちゃんになる。おっちゃんの後ろ、かげが、ゆら、ゆら、くっついてく。

　ああいうの、昔、テレビで見たなぁ。アニメで。なんて番組だったかな。やっつけられた敵が、ロボットが、あんな風に歩いてた。面白くって、いっぱいマネした。

　街灯の明かりがあるとこは、道路が黒く光ってる。屋根のあいだのせまい空は、暗くって何も見えない。ずりずりと腰ではいずって、手のひらをいっぱい前に出す。ぽつぽつしない。ふってないな。仕事、いくかぁ。

　まくらにしてたカバンを、むねのとこによっこいしょって持ってくる。中の、ガサガサのふくろをさがす。あった、あった。あれ？　ぺっしゃんこだ。パン、つぶれたな。あーあ。

　ふくろのはじっこをつかんで引っぱった。やぶれない。いつもこれでやぶれるのに、かたいなぁ。指にぐっと力を入れて「ふうんっ」と思いきり引っぱったら、ビリッとやぶけてポンと飛び出した。コンクリの上にぼてっと落ちる。ポンだポン。ハハッと笑う。ハハ……あぁ、声がおっきかったな。向こうにいるおじちゃん、うるさいかな。けどおかしいよ。笑いたい。手を口のとこに持ってって、声をちっさくして、ハハッと笑う。

　ポンのパンをつかんで、指でペンペーンって払って、がぶりとかみつく。ぐちょっとして口の中があまぁくなる。いちご味、おいしいなぁ……あれ、ザリッとする。舌んとこがザリ、ザリ……気持ち悪いなぁ……何だろ……砂か。砂、ついてたかな。つばにまぜてペッて吐き出す。ザリッとしない。よかった。

　パンはなくなったのに、ふくろがちょっと重い。下のほうをさわったら、ぐちょぐちょしてる。ふくろをパリパリひっくり返して、ぐちょぐちょをべろっとなめる。あまぁい。ジャムのパン、おいしいなぁ。なめてもだんだん味がしなくなる。舌がガサガサするだけ。もうあまいのはない。おいしいものは、いっつもすぐになくなるなぁ。

　腰をあげてねぶくろを引っぱった。丸めてヒモで結んで、カバンの上のとこにつける。おじちゃんがくれたダンボールをしいたのに、背中とうでの下がジンジンして痛い。ふとんで寝たいな。ここは庇《ひさし》があるけど、風が強くなったら雨が入ってくる。前にぬれた。寒くてずっとふるえてた。向こうのおじちゃんみたいにブルーシートがあればなぁ。ジブンも持ってたのに。あれ、どこにいったんだろう。

　カバンを背負って、ふはあっ、ふはあってあくびをしながら道に出る。歩道んとこにきたら、ロボットのマネして、ゆら、ゆら、歩く。面白いなぁ。おっちゃんがジブンを追いこした。黒い背中が、ドーンて前にくる。じゃまだなぁ。嫌だな。足を速くして、おっちゃんを追いこす。後ろを向く。おっちゃんはうつむいてる。よし、勝ったな。ははっ。

　センターのはじっこが見えてきた。おっちゃんがぽつぽつ集まってる。センターの駐車場、暗い明かりの下に、黒、白、青の車。車の前は、ゆっくりゆっくり歩く。車のダッシュボードにおいてある紙を見てるふりをする。早く声をかけてくれないかな。車の近くに立ってる手配師は、だまったまんま。「お兄ちゃん」って言わない。

　後ろで、声がする。おっちゃんが手配師と話をしてる。年寄りだ。資格、持ってるのかな。若いうちに重機の免許を取っとけってお父さんに言われたなぁ。けど勉強するの、嫌だったし。「ははは」年寄りのおっちゃんと手配師が笑ってる。知り合いかな。

「お兄ちゃん、お兄ちゃん」

奥のほうの車、白いハコバンの前にいる手配師の顔が、こっちを向いてる。片手を前にクイクイ動かす。あぁ、やっと呼ばれた。

「解体の経験ある？」

背の低い手配師だ。シャツが赤い。

「ある」

「資格は？」

「ない。契約したいです」

「ＯＫ、ＯＫ。後ろ、乗って」

手配師がハコバンを指さす。声がうれしそうだ。契約って言ったら、みんなよろこぶ。だからジブンもうれしい。

これで寮に入れるな。ご飯も食べれるし、ふとんもあるし、雨にぬれない。よかった。ハコバンの引き戸が重たくて、うんしょとあけて乗ろうとしたら、頭にガツンときた。痛い。枠んとこぶつけた。これ、前もやったな。頭ジンジンするから、片方の手で押さえた。

ハコバンは、もう人が乗ってた。二人だ。ドアに一番近いイスに座って、カバンをお腹《なか》のとこでかかえた。息がふうっとなる。朝でも、ここは仕事帰りの時みたいな、土と汗のむわっとした臭いがする。

「お前よぅ」

後ろの席から、声がする。

「おい、聞こえてんだろ！」

ビリビリひびいてくる感じが怖い。ジブンに言ってるのかな？　おかしいなぁ。まだ何もしてない。イスに座っただけだ。ふり返ったら、赤い帽子をかぶったおっちゃんが、こっちを見てた。

「お前、寝屋建《ねやけん》の現場でポカやった奴だろ。あん時、後始末どんだけ大変だったかわかってんのか‼」

おっちゃんは、早口だ。声がガチャガチャしてきて、何を言ってるのかわからない。わからない。わからないから、前を向く。後ろでは、ずっと怒ってるみたいな声がする。怖い感じがずっと、してる。

ジブンは宇宙人だから、人間の言葉はよくわからない。


もう一人乗ってから、手配師が運転席にきた。車にギュルッてエンジンがかかる。走りだしたら、ガタガタゆれる。車はうるさい。みんなはしずか。よかった。

何か眠たいなぁ。目をとじる。ちょっと寝て、ゆれて起きて、寝てが何回もある。なかなか着かないなぁ。遠いのは、よくない。寮が、コンビニのない山ん中とかだったら最悪だ。

「ここ、どのへんだ？」

後ろのほうで、声がする。怒った感じじゃないのに、むねんとこがドクドクする。カバンを腹んとこに押しつけてぎゅっとする。

窓の外、家、家、家ばっかりが、ふっとなくなった。遠くに、低いとこに、ぼやっと水色のせん。あれ、水の色だ。海、それとも川かな。見えてるのはほんのちょっとで、また消える。高い建物、低い建物、重なってじゃまで、見えなくなった。

道の両方に生えてる木が近い。枝がピシッピシッて窓にあたる。車はガタガタずうっとゆれる。キキッとブレーキの音がして、体がちょっとだけ前につんのめった。

後ろのおっちゃんが、前を通った。チッと舌打ちが聞こえて、怖い。けど殴られなかった。車をおりてく。よかった。運転してた手配師が「着いたから。あんたも降りて」とこっちに向かってしゃべってる。

車の外に出たとたん、ムッとした空気が顔にきた。足んとこのジャリが黒い。ぬれてる。ここも雨がふってたな。ジャリの広場の奥に、建物がある。二階建ての木造で、でかい。水で薄めたコンクリを上からぶっかけたみたいな灰色。ちく五十年いってるんじゃないかな。もっと古いかもなぁ。庇の下に「きのした」って木の看板がある。

「ありゃ、もとは旅館だな」

ジブンの前にいるおっちゃんが、ぼそっとしゃべる。古い旅館とかホテルを寮にしてる会社は、よくある。ジブンはプレハブよりこっちがいい。プレハブは夏は暑くて、冬は寒い。

「あんた、中で手続きしてきて。まだ時間あるから」

赤いシャツの手配師が、建物を指さしてる。だから、古い建物の中に入る。六畳はありそうな広い玄関から奥、ろうかが二つに分かれてる。どっちにいけばいいかなって考えてたら「おい」って聞こえた。

「あんたや、あんた」

顔が黒くて、垂れ目のお兄ちゃん。ヘルメットを持ったお兄ちゃんが、こっちを向いてる。

「さっきから何してんの？」

「手続き、どこですか？」

「こっちの廊下をまっすぐいって、右やで」

「ありがとうございます」

親切な人に、お礼を言う。垂れ目のお兄ちゃんはジブンに「契約すんの？」って聞いてきた。

「はい」

「ここ、仕事キツくて、メシまずいから」

「えーっ」

垂れ目のお兄ちゃんは「カクゴしといたほうがええで」と外へ出ていった。嫌だなぁ。ご飯はおいしいほうがいい。前の前の寮で、米がぽそぽそして変な臭いがして、まともな飯を出せってみんな怒ってた。ジブンも嫌だったから、いっしょに怒った。

……ろうかを歩いてたら、つきあたりにきた。そこでまた分かれてる。ええと、ここからどっちだろ？

壁に絵のあるほうにいったら、ドンづまりのつきあたり。引き返してちがうほうにしたら、『事務』って札の出てる部屋があった。ドアのすきまから中をのぞいたら、女の人が一人いた。ここかな。

「あのぅ、今日から契約です」

女の人がこっちを向いて「中にどうぞ」って言う。おばちゃんの女の人が小さなテーブルに紙をおいて「こちらにご記入ください」ってボールペンを渡してくる。テーブルの前のソファに「よっこいしょ」と座って、前かがみになったら、腰がズキンってした。腰、痛いな。久しぶりに名前と住所を書く。あぁ、これは字がわりと上手に書けてんじゃないか。

バタバタと足音がして、そのうるさいのが部屋ん中に入ってくる。小さい風もきた。男の人だ。灰色の作業着で、ジブンよりも若い感じだからお兄ちゃん。眉毛がボサボサだ。

「今朝きた、契約の人ですか？」

ボサボサの眉毛は、声が高い。

「はい」

「こっちにも記入してもらっていいですか」

紙がまた二枚くる。書くものがふえた。めんどくさいけど、しかたないな。血圧のところは、『120』と『80』にする。この数を書いといたらどこでもだいじょうぶだって、お父さんに教えてもらった。

書いた紙を、渡す。ボサボサの眉毛は紙を見ながら「俺は班長の杉田《すぎた》です。ムラさん……四十二歳ですか。俺よりひとまわり上ですね。今日は同じ現場になるんで、よろしくお願いします」とちょいと頭を下げて、すぐに出ていった。こっちの「よろしくおねがいします」は間に合わなかった。

寮の部屋は、仕事から帰ってくるまでに準備してくれる。テレビとれいぞう庫は部屋にあって使うのは無料。エアコンは使用料が一日三百円。ジブンの荷物は事務所の向かいにある無料ロッカーにおける。まぁ、どこの会社もだいたいおんなじ。

今日から朝ご飯を食堂で食べれる。弁当は食堂にあるやつを持っていっていい。弁当、出ないとこもあるから、これはうれしい。

カバンから手ぶくろだけ出す。穴あいて汚いけど、まぁいいや。仕事が終わったら、お金を前借りして新しい手ぶくろを買おう。

荷物をロッカーに入れたら、お腹がぐうってなった。腹ぺこの音だ。パンを食べたのに、お腹が空《す》いたなぁ。食堂はどこだろうってウロウロしてたら、玄関のほうからいい匂いがした。そっちのほうへいったら、ドアがあきっぱなしになってる部屋があった。

せっこうボードぐらいの大きさのテーブルがぽんぽんあって、まわりに丸イスがゴロゴロしてる。人が、ぽつぽつとイスに座って食べてる。

カウンターの奥で皿を洗ってる人がいた。ここの人かな。丸まった背中に「朝ご飯、食べたいです」と声をかけたら、ふり返った。しわがいっぱい、おばあちゃんの顔だ。

「ここはセルフや。勝手によそって食べ」

怒ってる声に、むねんとこがビクビクする。怖いなぁ。嫌だからそこからはなれる。そしたら、ホッとする。ちょっと聞いただけで、あんなに怒らなくてもいいのになぁ。

セルフはよくある。どれだけ食べてもいいのは、いい。セルフはいい。壁にくっつけた細長いテーブルに、大きなすいはん器がある。まわりに米つぶとか、汁みたいなのがいっぱいこぼれてる。

ごはん、みそ汁、つけものをとって、テーブルに持ってく。この米、かたくて変な臭いがする。みそ汁も味が薄い。すっごくまずいなぁ。ハズレだ。ごはんにみそ汁をかけて、わりばしでぐるぐるかきまぜて飲み込む。あぁ、向かいのおっちゃんも、おんなじことしてるな。

まずくても、お腹はいっぱいになる。幸せだな。さあて、弁当はどこにおいてあるのかなってまわりを見てたら、肩をつかまれた。痛い。力が強い。指がぐうって入ってくる。怖いって思いながらそっちを向いたら、頭にタオルを巻いたおっちゃんがいた。

「片付けろ」

声も怖い。

「片付け？」

「食ったあとの食器は、棚まで持っていけ」

おっちゃんがあごをくいってしたほうに、棚があった。銀色でじょうぶそうだ。ステンレスかな。食器がたくさん重なってる。そこにはげのおっちゃんが食器をおいた。食べたあとは、棚へ持ってくのか。ここはそういう決まりかぁ。

「どうもすみませんでした」

ヘコリと頭を下げたら、おっちゃんの指の力がじわぁって弱くなった。

「次は気ぃつけろ」

声から怖いのがなくなって、おっちゃんがどっかにいく。すぐに叩《たた》く人じゃなくてよかった。殴られなくてよかったなぁ。けど肩んとこには、つかまれたあとの感じが残ってて、むねんとこが痛いみたいにじくじくする。それが小さくなってから、ジブンの食器を棚に持ってってった。

棚の横に透明の容器に入った弁当があった。手さげになったビニールに入れて持ってく人がいた。だからジブンもマネしてビニールに入れる。

初めてのとこは、決まりになれるまでよく怒られる。しかたない。今日の現場、嫌な人がいないといいなぁと思いながら、外へ出る。急にまわりがぱあっと明るくなって、頭がふわあってして体がぐらっとゆれる。さっきとちがう。太陽が出てる。灰色の雲が、なくなった。あぁ、晴れてきた。晴れだ。

目の前に、まっすぐな道。その奥のほうに細くキラキラした光が見える。あれは海だ。きた時はわからなかったな。後ろになってたからかな。ああ、いい。ここは海の近くだ。夜になったら星が見える。海から、風がぶあっと吹いてきた。しけって、しおっからい、海の匂いがする。

ジャリの広場には、おっちゃんとお兄ちゃんがたくさんいる。みんな、現場にいく車を待ってる。座り込んで、タバコを吸ってるおっちゃんに近づいて、煙が流れてくる風下に立った。あぁ、いい匂いだ。

タバコを吸ってた、黒と黄の帽子をかぶったおっちゃんが、ジブンを見上げて「どーも」とゆっくり声をかけてきた。だから「どーも」って返事をする。

「俺に何か用か？」

おっちゃんの、ひげの口がもごもご動く。

「いいえ」

「近くに寄ってきたからさ」

おっちゃんの指のあいだから煙がのぼる。やっぱりタバコはいい匂いだ。思いっきり吸い込む。

「あんた、禁煙してんの？」

「お金がないので、タバコは買えません」

欲しかったけど、昨日の夜にパンを買ったらタバコのお金が足らなかった。タバコは高い。昔より高くなったって、みんな怒ってる。おっちゃんはむねポケットから新しいタバコを一本取り出すと、火をつけて「ほれ、やるわ」とジブンにくれた。

「ありがとうございます」

すごくいい人だ。親切で優しい人だ。この人といっしょの現場だったらいいなぁ。親切なおっちゃんと、並んでタバコを吸う。おっちゃんは最初にきたむかえの車に乗っていった。次のむかえの車でも、ムラって呼ばれない。赤い帽子のおっちゃんがそれに乗って、ホッとする。あれはハコバンで、ジブンに怒ってた嫌な人だ。嫌な人は、おんなじ現場だと意地悪をしてくる。仲の悪いおっちゃんたちが同じ現場になって、一人が危ないとこでつき飛ばされてけがをした。わざとなのに、事故にされてたって、誰か怒ってた。

吸いながら広場をウロウロと歩く。タバコの煙と、しけった海の匂い。好きなものが、ゆうるゆうるまざる。いい気分だ。フィルターまで吸ってもう終わりってとこで「そこの人、えっと……ムラさん。こっちにきてもらえますか」とボサボサ眉毛の班長に呼ばれた。

タバコを落として、ぐぅりぐぅりふみつける。ちゃんと消さないと、火事になって大変なことになる。現場では、決まったとこで吸えっていつも言われる。

小さなワゴン車に乗る。運転してるのは角刈りのおっちゃん。後ろの席にジブンともう一人、垂れ目のお兄ちゃん。ワゴン車が動きだす。車は、また、ガクガクゆれる。道が悪い。シートがかたい。腰が痛い。

「会社のハコバンがエンジンかかんなくてダメで二手に分かれるから、こっちを運転しろって急に言われてさぁ」

角刈りのおっちゃんは「手当出すって言われたけどさぁ」と嫌そうな感じで話してる。ずっとしゃべってて、垂れ目のお兄ちゃんが「うんうん」返事をする。しばらくしたらおっちゃんはだまって、しずかになった。

「あんた、やっぱ契約したん?」

垂れ目のお兄ちゃんが、ジブンに聞いてくる。

「はい」

「俺は現金」

ジブンはいつも契約だ。契約して、寮に入る。仕事がなかったり働けなかったりしたら、寮費と食費が給料から引かれて借金になるけど、それでも契約のほうがいい。

寮は嫌だ、ムショより悪いと現金で日払いだけやってる人もいた。ジブンはムショに入ったことがないから、どういう感じなのかはわからない。

「俺も前は寮に入ってたんやけどな」

垂れ目のお兄ちゃんが鼻の下を何回もこする。

「へぇ」

垂れ目の顔がぐぐうっと近づいてきて、声がちっさくなる。

「……あそこ、出んねん」

「何がですか?」

垂れ目のお兄ちゃんがむねの前で両手をだらんと下げた。何だろ。前、長いこと働いてた会社の寮に、犬がいた。薄い茶色の犬。しば犬のまろん。ちくわを見せたら、チンチンした。面白いから、何回もちくわをあげた。それ、犬のチンチンかな。

「まろん?」

垂れ目のお兄ちゃんが「ユーレイや、ユーレイ」って怒った声になる。何だ、ユーレイか。変なコトしないで、ユーレイってはじめから言えばいいのに。

「ふうん」

「気色悪いやろ」

「いいえ」

垂れ目のお兄ちゃんが首をかしげる。

「あんた、平気なん?」

「ジブン、ユーレイ見たことないです」

垂れ目は横を向いて「しらけるわぁ」とおっきい息をした。しらけるわぁ、はたまに聞く。嫌な感じの時に。嫌な感じはお腹のとこにはってる虫みたいにモゾモゾする。ワゴン車が止まる。現場、着いたかなって外を見たら、景色がドンときた。

ああ、大きい。ここは大きい。コンクリでできた山だ。建物はしずかで、動かない。外壁の白とピンクは黒く汚れてて、壁のあちらこちらにはられてる看板は、サビが浮いて赤茶色になってる。奥んとこに立体の駐車場へいけるスロープがある。建物のまわりの足場が低くって、全部がよく見える。

「ここ、さくらTOWNやんか。昔、カノジョと遊びにきたことあるわ」

垂れ目のお兄ちゃんが運転席に近づいて、角刈りのおっちゃんと話してる。

「まだ使えそうな商業施設なんだけどなぁ。取り壊しだってよ」

「できてそんな経《た》ってへんのに。そういや昔、テナントの天井が落ちて客が何人か死んだって事件、あったな」

「それで検査が入ったら、違法、偽装のてんこもりだったってやつな。下請けで、相当ヤバいとこがあったらしい。もうその会社、ないけどな」

「そういうゴキブリみたいなとこに限って、社名変えて性懲りもなく続けてたりすんねんなぁ」

「ギョーカイあるあるだな」

現場に入ったのに、車が進まない。出入口は車がずらっと並んでる。運転してる角刈りのおっちゃんがチッ、チッて舌打ちする。こっちの耳までチッ、チッと痛い感じにひびいてくる。しばらくおっちゃんは舌打ちをしていて、車が動きだしたらなくなった。やっと車が駐車場に止まる。

先に着いてた班長のまわりには三人いた。いっしょになって、建物の階段を下りる。そこは吹きぬけになった地下の広場で、人がごちゃごちゃと集まってる。

朝礼で、作業の説明がある。話が長いし、何を言ってるのかわからない。けどまあ、聞いてなくてもいい。現場にいったら、上の人がやることを教えてくれる。となりにいる垂れ目のお兄ちゃんは、ずっとうつむいてスマホをさわってる。

声が聞こえなくなる。しずかになったなと思ったら、チャーンチャンーチャラッチャャッチャッて流れてきた。ラジオたいそうだ。運動は好きじゃない。昔っから走るのはおそかったし、ボールも上手にけれなかった。けど、現場でやるラジオたいそうはいい。前の人を見てマネしたらいいし、まちがっても誰も怒らない。

とうとう仕事がはじまる。ジブンがやるのは、二階。広いつうろの両方に、ドアがないお店がずっと並んでる。

内装の解体はいつも、暗い。電気が止まって明かりがつかないから、外から持ってきててらす。ここは真ん中にあるつうろの上がサンルーフになってて、光が入る。そのぶんだけ、これまでの現場よりも明るい。

二つに分かれて、つうろをはさんで両方の店を奥のほうからこわす。ジブンは班長と同じ組で、ガラ集めになった。

班長がバールで壁に穴をあける。小さな穴からバールの先をツッコんで、メリメリと壁をうき上がらせる。すきまから手を入れて壁をつかみ、バリバリといきおいよくはぎ取る。むわっと砂ぼこりが立って、まわりが白っぽくなる。鼻の奥がむずっとして、おっきなくしゃみが出た。解体は、どこもほこりがすごい。ボージンマスクをしてても、あとでのどが痛くなる。夜にそうなったら嫌だな。

班長は、はがした壁を床に落とす。ジブンはそれを拾って、部屋の真ん中に集める。小さいかけらは、箱に入れる。

バリバリバリバリ……あっちこっちから、部屋はこわれてく。壁にはネコとウサギ、かわいい絵が書いてる。バリバリバリ……あぁ、ネコの顔が真っ二つになった。かわいそう。こわすなら、もとから書かなきゃいいのに。班長がふり返ってジブンを見た。

「他の人のガラも集めてくれませんか。アヒルの子みたいに俺のあとにくっついてないで」

怒ってるのかな。嫌な感じの声だ。

「わかりました」

班長からはなれて、車の運転をしてた角刈りのおっちゃんの所にいく。おっちゃんもバリバリと壁の犬をこわしてる。頭が取れた犬を拾おうとしたら、顔の前を黒いものがひゅっと通った。「うわっ」と声が出て、あとずさる。そしたら足が引っかかって尻から転んだ。腰にずうんとでっかいしびれが来る。腰、痛い。角刈りのおっちゃんが「えっ、当たった？」ってバールを止める。

「あたってないです」

立って、腰をパンパンとはたく。おっちゃんはホッと息をしてから「あんた、近すぎ。もうちょっと離れてろよ」とおっきな声を出した。声が耳の奥んとこに、ワーンとひびく。

おっちゃんの片付けも、あとにしよう。怒ってる人の近くにいると、とばっちりを食らう。だから班長のそばに戻って、ガラを集めた。班長は角刈りのおっちゃんよりも、速い。箱がすぐギチギチになって、入らなくなる。

「箱、新しいのを入口のとこから取ってきてください」

班長がジブンに教えてくれる。はなれたとこに空の箱があるから、それを取ってきた。現場に戻ると、しょうゆが染みたみたいに日やけしたおっちゃんが「おい、床のやつを早《はよ》う集めんかい。邪魔やねん」とはがしたPタイルをけ飛ばした。けられて飛んでったPタイルを追っかけて拾う。もうはがし終わってコンクリの基礎がむき出しになってるとこに集める。これは、壁のガラとまぜちゃいけないやつだ。前、いっしょにして怒られた。

日やけしたおっちゃんは「お前、まわりをよう見んかい。気が利かへんな」とずっと怒った声だ。

気がきかない、のろま、ぼけ。よく言われる。けどしかたない。ジブン宇宙人だから、人間とはちょっと、ちがってる。

班長が「今日はここまで」と言って、仕事が終わった。ガラを拾うのにかがんでばかりで、腰がじんわり痛くなる。明日はこわすほうがいい。そっちにならないかな。やらせてくれないかな。ジブンは上手にこわせる。前、お父さんがほめてくれた。けど決めるのは班長とか、現場の上の人だ。

ワゴン車には、垂れ目のお兄ちゃんが先に乗ってた。イスにもたれて「きっついわ」って目をとじてる。現場では、垂れ目のお兄ちゃんは反対の店をやってて、同じとこにはいなかった。

「あんた、名前なんやったっけ？」

横から、垂れ目のお兄ちゃんの声が聞こえる。

「ムラです」

「ムラさんはさ、今日は何やってたん？」

「ガラを、集めてました」

「楽そうでええやん。俺はな……」

垂れ目のお兄ちゃんが早口になった。つかれてしんどいし、何を言ってるかわかんなくなってきて、テキトーに「へぇ」「はあ」って返事してたら、垂れ目のお兄ちゃんがだまった。話が終わったと思ったのに、またしゃべる。

「ムラさん、俺の話ちゃんと聞いとる？」

「はい」

いみはわかんなくても、聞いてた。運転席に角刈りのおっちゃんが「はいよー」と乗ってきてドシンと座る。車がゆれた。仕事してる時は怖かったのに、今はそうでもない声だ。

おっちゃんは、背中を丸めてハンドルに頭をつけた。

「疲れたわー腕痛ぇし」

頭を上げて、車のハンドルを横から叩く。

「運転したくねぇ」

おっちゃんが体をひねってこっちを向く。

「手当、半分やるからさ。どっちか運転代わってくんねえか」

垂れ目のお兄ちゃんが「はーい」って手をあげる。

「免許失効してんねんけど、それでもええんやったら」

おっちゃんは「うーん、無免許はなぁ」とうなってから「そっちはどう？」とジブンを見た。

「免許ありません」

おっちゃんは「あーあ」と低い声で言って、肩を丸める。それからすぐに、ブロロッと車のエンジンの音が聞こえてきた。


寮は、入ってすぐ横のほうからいい匂いがして、それにつられてお腹がぐううっとなった。今すぐ食べたいけど、事務所がしまる前にお金を前借りしないといけない。

事務所の前には、現金の人と契約の人の前借りで列ができてて、一番後ろに並んだ。やっとジブンの番がきて、百円玉十枚で前借りした。

お金をポケットに入れて、食堂にいく。ジブンのあとからきた人が、カウンターのはしにいってトレーを持って動きながら細長いテーブルに並んでるおかずを取ってる。ここは、そういう風にやるみたいだ。その人をマネして、トレーを持ってその上におかずをのせる。

大きいテーブルのまわりには、びっしりと人がいる。みんなご飯を食べるのは、速い。すぐに席が空く。テーブルのはしが空いたから、座る。はしはいい。反対のとなりに人がいない。片方だけでも人がいないと、うでがあたったとか、そういうのでケンカにならない。おはしとやかんのお茶は、テーブルの真ん中にある。そこへ、にょき、にょきと手がのびる。

唐あげがおいしい。コンビニで買うやつみたいに、おいしい。毎日食べたい。米はくさくて、みそ汁はまずい。朝と同じ。向かいのななめに座ってる人が、みそ汁にしょうゆをドボドボ入れてた。それ、前にやったことがある。変な味になったから、ジブンはもうしない。

ごはんをおかわりする。ジブンのあとにきた人が、ジブンよりも先に食堂を出ていく。ジブンはおそい。歯が悪いおっちゃんはおそいけど、ジブンはそれと同じでおそい。お父さんに、よくかんで食べろって言われたから、そうしてる。だからジブンは、食べ物がのどにつまったことがない。たまにおっちゃんで、げほげほむせてる人がいる。ジブンはそういうのはない。

ごはんを三ばいおかわりしたら、お腹がぱーんとおっきくなった。カエルみたいだ。立つとゲコッと中身が出そうで、じっと座ってる。席も空いてる。食べ終わったなら出てけって、誰も怒らない。だいじょうぶだ。

人が入ってきて、出て、出て、出ていく。入口のそばのテーブルで、ずっとぐちゃぐちゃかんでた白髪のおっちゃんが食堂を出る。のこってるの、ジブンだけだ。

お腹いっぱいがましになったから、部屋にいく。二階への階段は、一段上るたびにギシギシと大きい音をたてる。

２０３号室ははしから三つ目の部屋。カギには細長いプラスチックの棒がついてて、そこに「りんどう」とひらがなでほってあって、その下にマジックで黒く、大きく、２０３と書いてある。

部屋は三畳ぐらい。ふとんはシーツが白くて、いい。汚れてないのはいい。シラミはどうかな。いないといいな。寝てみないとわかんないな。

着がえを持って風呂にいく。脱衣所も風呂場も広いけど、浴そうに湯はない。カラカラだ。使えるのはシャワーだけ。石けんもない。石けん、持ってきててよかった。

ヒビの入った石けんで、頭から足の先まで洗う。足をこすったら、タオルが黒くなった。汚れてたなぁ。風呂、久しぶりだしな。洗うとスッキリする。風呂は、いいなぁ。

風呂を出たとこの足ふきマットは、薄っぺらい。やぶれて薄茶色になってる。水虫がうつったら嫌だな。体をふいて、ジャージを着る。脱衣所には壁のはしからはしまでの長いカガミがあって、その前に洗面ボールがいくつもある。

カガミに、ボサボサの髪の男がいる。誰かと思ったら、ジブンだ。髪がのびた。カガミに近づいて、顔を見る。久しぶりにジブンの顔を見た。ジブン、こんな顔だったかな? カガミにさわったら、カガミもさわってるから、ジブンだな。あぁ、口のまわりもぼうぼうだ。ひげにさわってたら誰か、カガミにうつった。メガネのおっちゃんだ。「あんた」と聞こえて、ふり向いた。

「見ない顔だな。新しくきた人?」

ジブンはこの寮の新入りなので「はい、よろしくおねがいします」とあいさつする。寮では、れいぎ正しくしておいたほうがいい。

「そこのひげそり、好きに使っていいからさ」

メガネのおっちゃんが、指をさす。そっちにはプラかごがあった。中にT字のひげそりがいっぱい入ってる。

「旅館だった時の備品らしいわ」

買わなくていいのは、いい。ひげそり、持ってたやつはなくなった。いつの間にかなくなった。ジブンはよく、ものをなくす。すぐになくなる。

使えるものを教えてくれるメガネのおっちゃんは、親切でいい人だ。

石けんをまた出して、ひげをそる。そっても、あごのとこにさわったら指の先がザリッとする。残ってるけど、めんどくさいからもういいや。

口んとこがすっきりしたら、ボサボサの髪が気になる。カガミの下には、はさみと爪切りが引っかけてある。どっちにもくさりがついてて壁に釘《くぎ》で止められてる。はさみの先は丸い。

そのはさみで、ジョキリと髪を切った。指に残る髪の切れっぱしを、ゴミ箱にすてる。ジョキリ、ジョキリ。髪を切る音は気持ちいい。どんどん頭が軽くなる。ちゃんと指でつかんで切っても、洗面ボールにぱら、ぱらと髪の毛が落ちる。洗面ボールは白いから、よく見える。かわいてると、ジブンの髪は波板みたいにがくがくしてる。お母さんはいつも「あんたの髪、ヘン」ってジブンの髪の毛を引っぱって、痛がったら笑ってた。

「お兄ちゃん、ザンギリにしとるなぁ」

横で、背の低いおっちゃんが歯をみがいてる。ザンギリってなんだろう。

「そんな切り方やと、男前が台無しやで」

おっちゃんの口ん中から、白い泡がペッて出る。

「髪がじゃまなので、切ってます」

「邪魔いうても、ガタガタやんか」

「短いほうがいいです」

「えらいテキトーやな」

背の低いおっちゃんは、口をゆすいでいなくなる。髪がだいぶ短くなったから、切るのをやめた。カガミにいるジブンは、二つの耳の上で髪の長さがちがう。前髪も、ななめになってるかな。後ろ、後ろは見えない。手を洗って、ゴミ受けにたまった髪の毛を集めて、ゴミ箱にすてる。みんなで使うとこは、あとの人のことも考えてきれいにしてないと怒られる。

風呂場で脱いだ作業着と下着をせんたく場に持っていく。あぁ、ここはせんざい、おいてないな。買わないといけない。けど明日でいっか。明日、買おう。今日はなくていいや。

百円でせんたくスタート。せんたくが終わるのに時間がかかる。部屋に戻って、ふとんの上に寝転がった。イヤホンをさして、テレビをつける。

今日はよかった。ご飯もお腹いっぱい食べたし、風呂は気持ちよかった。雨でぬれて嫌になんないし、ふとんもある。いっぱいかがんだから腰が痛いけど、ずっとここで働きたいなぁ。……むかえが来るまで。

ものすごく眠くなる。寝たいけど、まだせんたくが終わってない。終わったせんたくをそのままにしてたら、怒られる。となりから、テレビの音が聞こえる。テレビの横に「イヤホンヲシテクダサイ」とはり紙があるのに、イヤホンをしてない。ジブンはうるさくても平気だけど、反対の部屋の人は怒るかもしれないな。

昔、テレビの音がうるさいって、ケンカしてた人がいた。世野《せの》建設の寮にいた時、おっちゃん二人が玄関で殴り合ってた。細いおっちゃんが、殴られて、血が出て、泣いてた。ジブンと同じ、いつもガラ集めしてた細いおっちゃん。殴ったおっちゃんが「書いてある字も読めねぇのか、アホが」って怒鳴《どな》ってた。みんな遠いとこからそれを見てた。ジブンも見てた。

ワッハッハ……笑い声が、する。起き上がったら、耳からイヤホンがぽろっと落ちた。テレビの中の人が、口をおっきくあけてる。笑ってる。ワッハッハ……楽しそうだなぁ。あぁ、そうだ。せんたく。せんたくしてた。もう終わってるかな。
せんたく場にいったら、せんたく機は回ってた。まだ終わってないのかなぁって近づいたら、せんたく機の上にかごがおいてあった。ジブンのせんたく物は、その中で丸まってくしゃくしゃになってた。

ずっとガラを集めてる。新しい人がきて、その人がガラ集めになって、ジブンはバールでこわすほうになった。仕事が終わったら、肩が重たいずうんとした感じになって、寝て朝になったらちょっとましになった。次の日はジブンがガラ集めになる。肩がまだ変な感じだったから、そっちでよかった。バールでこわしたり、ガラを集めたり。ジブンのすることはその日で変わる。班長が決める。

さくらＴＯＷＮの内装の解体が終わったら、班長はこっちに来なくなった。ジブンと垂れ目のお兄ちゃんは同じ現場にきてる。垂れ目のお兄ちゃんは見えるとこにいないから何をしてるのか知らない。ジブンはユンボがこわすコンクリに水をかけてる。これ、昔からよくやってた。ずぶぬれになるから、冬は寒くてガチガチふるえる。夏はいい。夏は涼しい。

化け物みたいにおっきいユンボが、でっかい鉄のはさみでコンクリをがっつりとつかんで、ゆっくり押し下げる。コンクリにピキッとヒビが入って、メリメリバキバキッて音がして、鉄せんがちょっとずつむき出しになる。はさみに食いちぎられたコンクリは、ぼけたおっちゃんのご飯みたいに、かけらをボロボロ落としてく。これ、生き物だ。ユンボとか、本当は生きてるんじゃないかな。

ユンボがコンクリを食べると、ムワ、ムワと土ぼこりが出る。このほこりがいっぱいちらばって、近くの家に怒られるから、水をかける。この現場は、すごく近くに家はない。それでもやる。

土ぼこりがムワッとしないよう、ユンボが食ってるあたりをねらってビシャアッと水をかける。ジブンはなれてるから、すごく上手だ。これをやってる時は「何やってんだ」って怒られたことがない。

ユンボは、コンクリを食うのに時間がかかる。ちょっとずつ、ちょっとずつしか食えない。こわすのはすごく大変だ。作るにも人がたくさんいるし、何日もかかる。すごくつかれる。たまに人がけがして、人が死んで、作って、こわして、作って、こわしてがずっと。

ユンボが急に止まる。運転席にいた人が出てきた。ジブン、怒られるんだろうか。何か、失敗したかな。むねがドクンドクンて変になる。

運転してた人は、ジブンのとこに来ない。どうしたんだろ。トイレかな。待っても待っても戻って来ない。何かお腹が空いてきた。あぁ、もしかして昼かな。うで時計を見た。1208だ。

ホースをおいて、現場の事務所に戻る。外壁のとこ、日かげに会社のクーラーボックスがあって、ジブンの弁当をもらう。今日は陽がきついから、テントで作った日かげにいく。現場によくあるでかいせんぷうきがぶおーんってうるさく回ってて、その近くに好きに飲んでいいウォーターサーバーがある。

おっちゃんやお兄ちゃんがご飯を食べてる。見た感じがスカスカしてる。人が少ないなぁ。どうしてだろ。あぁ、近くの食堂にいってるのかな？　そっちはクーラーがきいてて涼しい。垂れ目のお兄ちゃんに、昼は会わない。ずっと食堂にいってる。あのお兄ちゃんはお昼、いないのがいい。いつも早口でしゃべってるから、何を言ってるかわからない。

　会社でもらえる弁当は、毎日同じ。くさいごはんと、あげ物。あげ物はちょっとで、ごはんがいっぱい。契約する前は食べれたら何でもよかったのに、今はもっとおいしいのが食べたい。食べれるだけでいいのに、ぜいたくな話だな。

　しっかりかんでご飯を食べて、空の容器をゴミ箱にすてる。そしたら吸いたくって背中がむずむずしてきて、タバコに火をつけた。

「おいっ」

　おっきい声が、耳にビリッてした。おっちゃんがこっちを向いてる。色あせた作業着は、黒。とびかな。

「タバコはあっちで吸え」

「すみません」

　ゴミ箱んとこ吸っちゃいけなかったのかな？　昨日はここで吸っても、怒られなかったのにな。どこならいいんだろうってウロウロしてたら、一斗缶のまわりに人が集まって、タバコを吸ってた。ああ、あそこならいいんだな。

　一斗缶からちょっとはなれたとこの日かげに座って、思いっきり煙を吸い込む。怒鳴られたせいで、まだむねのとこがドックドックしてる。嫌だな。深くやった切り傷みたいだな、これ。

早くなればいいのになぁ。

　空、空が青いなぁ。天気のいい日は、いい日だ。雲は白くて、わたがしみたいにもこもこしてる。すごく暑い時の空だ。なんか楽しいことを考えよう。お母さんとお父さんのこととか。ジブンのおむかえは、いつだろうなぁ。

　前を歩いてた、灰色の髪のおっちゃんが、止まった。顔がこっちを向いてる。ジブン、見てるのかな。何かまちがえたかな。ここじゃタバコを吸っちゃいけなかったのかな。叱られるのは、嫌だな。怖いから、おっちゃんが見えないように横を向いた。

「お前、ムラの坊主か？」

　ムラは、ジブンの名前。怒った感じの声じゃなかったから「はい」って返事をした。前、どっかの現場でいっしょに働いてた人かな。覚えてないなぁ。わかんないなぁ。

　おっちゃんの口が、横にぐうっと引っぱられた。黒い顔、細くなった目の横にびっしりと薄茶色のしわがよる。声、出てないけど笑ってんのかな？

「俺だよ、俺、神辺《かんべ》だよ。奴の若い頃に似てるから、そうじゃないかと思ったんだ。前、何かおんなじ現場になっただろ。そん時はあんた、もっと子供子供してたよなぁ」

　神辺っておっちゃんのことは覚えてない。でもゆっくりしゃべるから、言ってることは何となくわかるな。

「そういや親父《おやじ》さんは元気か？」

「わかりません」

「わからんって？」

「お父さんに、会ってません」

「はぁ、ケンカでもしてんのか？」

どうしよう。おむかえのことは話しちゃダメなんだよなぁ。

「お父さんは、遠くにいきました」

「えっ、死んだのか？」

死んだって言葉に、こっちがびっくりする。

「お父さんは、死んでません。遠くにいます」

「あぁ、別のとこで働いてるってことか」

お父さんはむかえがきて、ジブンの星に帰った。向こうで何をやってるんだろう。

「土工、してるかもしれません」

「あいつもまだ現場に出てるってことか？　お前さん、自分の親なのにえらい他人事《ひとごと》だな」

神辺さんが、はあーっと仕事終わりの時みたいな息をした。

「けどま、昔からあいつは所帯持ちのくせして、根無し草みたいにふぅらふぅらしてるとこがあったからなぁ」

お父さんは宇宙の遠くにある星で、お母さんといる。ジブンもそのうちむかえが来る。ジブンは、お父さんがいなくなったぐらいの年になるから、もうすぐかなぁ。ジブンの星に帰る宇宙人だっていうのは、人にしゃべっちゃいけない。しゃべったらむかえが来なくなるって、お母さんは言った。

「ちょっと待ってろ」

神辺さんはいなくなったけどすぐに戻ってきて「やるよ」と冷えたジュースをくれた。ジュースはあまいからおいしい。好きだ。

「ありがとうございます」

神辺さんは優しい。とても親切な人だ。

「いいってことよ」

神辺さんは、ジブンのとなりに「よっこいしょ」と座る。背中のまん丸いのがネコみたいだ。同じジュースを飲んでる。おそろいだ。おそろいなのは、いい。あぁ、いい感じだ。何だかなつかしい感じがするなぁ。どうしてだろ。

「お前さん、相変わらずこっちの仕事をやってたんだな」

「はい」

「もっとどっかで顔を合わせてそうなモンなのになぁ」

灰色の短い髪をガシガシかいてる。

「正社員でもやってたか?」

「ジブン、ずっと契約です」

あぁ、思い出した。現場のきゅうけいの時、お父さんはいつもジブンにジュースを買ってきてくれた。神辺さんは、お父さんと同じなんだな。

「俺ぁそろそろ引退を考えてるんだ。年が年だし、体が辛《つら》くなってきてな」

年をとると、細くなって、力が出なくなる。働けなくなって、ホームレスのおじちゃんになる。

「そういやココなぁ、作る時に世野建設が入ってたって話だな」

これまで働いた会社の名前は覚えてない。出ていったら、すぐに忘れる。けど世野建設は頭ん中にある。

「ジブン、世野建設にいました」

そうなのか？　と神辺さんの声がちょっとおっきくなった。

「……あそこ、ケタ落ちで有名だろ。酷《ひど》かったって本当か」

神辺さんの声がちっさくなる。世野は仕事中の事故と死ぬ人が多かった。プレハブの寮は汚くって、夏はむし暑くて、冬は外にいるのと同じで寒かった。食堂はハエがブンブンうるさくて、天井からぶら下がったハエ取り紙には、びっしりハエがくっついて黒かった。

共同トイレはいつも床がおしっこでぬれて、入るとくさくって目が痛くなった。夏はトイレに入っただけでゲロを吐きそうになる。だからみんな建物のうらとか草むらで立ちションしてた。そしたら「タチションキンシ」のはり紙が出たけど、みんな平気でしてた。プレハブの事務所のうらは山になってて、手前をけずって平らにしてたから小学校の校庭みたいに広かった。そこが産廃の一時おき場になって、夏はそっちからも生ゴミの臭いがしてた。

「こんなとこいられるかっ」

怒って、きた次の日に飛ぶ人もいた。寮は新しい人がきて、いつの間にかいなくなる。覚えてるのは、いつも一人でぶつぶつしゃべって、食べるのが一番おそかった上野《うえの》のおっちゃんだけだな。

「寮のトイレ、汚かったです」

神辺さんは「ああ」と太もものとこをパンと叩いた。

「評判悪いとこは、寮も極悪だからなぁ」

働きだしてから、お父さんといっしょにいろんな会社の寮に入った。世野建設にも、お父さんと入った。ずっといっしょにいたのに、寒い日、朝ご飯にいこうって起こしにきてくれなくて、どうしたんだろうって思ったら、いなくなってた。「お父さんはどこにいますか?」って聞いても、誰も知らない。「飛んだんじゃないか?」って言う人もいたけど、お父さんはジブンをおいて出ていかない。どうしていなくなったのかなぁ、おかしいなぁって考えてて、思い出した。お母さんは「ジブンの星に帰る」って言って、いなくなった。お父さんも宇宙人だから、むかえがきて帰っていったんだ。きっとそうだ。

お母さんは、テレビの前にいるのが大好きだった。長い髪で、黄色いスカートで、寝転がってテレビを見てた。小学校を休んでいっしょにテレビを見ても、学校にいきなさいって言わないから、うれしかった。学校の先生が家にきて、お母さんと話をして、「はい」「はい」ってお母さんはちゃんと返事をしてたのに、先生は怒った感じでしゃべってた。そのちょっとあとで、お父さんに「学校にはちゃんといけ」って言われたから、嫌だなって思いながら、いった。

お父さんは夜になったら弁当をいっぱい買って帰ってくる。お父さんの買ってきた弁当をみんなで食べる。次の日になったら、お父さんが買ってきた弁当をれいぞう庫から出して、食べる。

たまに、お父さんが帰ってこないと、お母さんは「お腹が空いた」って泣いた。ジブンも泣いた。次の日の朝には、お父さんはちゃんと帰ってきた。

テレビが好きなお母さんは、となりの部屋の男の人と仲よしになった。「きいちゃん」って名前で、いつもおかしをくれた。お母さんは「あたしのだもん」ってジブンにあんまり分けてくれなかった。お母さんはきいちゃんの部屋にあそびにいく。壁の向こうからお母さんの笑ってる声が聞こえて、楽しそうでいいなあって思った。

「あたしって宇宙人なんだって」

お母さんの声は、弁当がおいしかった時みたいにうれしそうだった。

「きいちゃんが教えてくれたんだ。むかえがきたら、宇宙の星に帰るんだって。向こうはとても、すごく、いいって。それにね向こうでは死なないんだって。すごいでしょ。あたしが宇宙人なのはないしょだから、誰にも言っちゃダメだからね。いい、わかった?」

ジブンが中学二年ぐらいの夏に、お母さんはいなくなった。朝起きたらいなかった。夜、帰ってきたお父さんが「お母さんはどうした?」ってジブンに聞いて「わからない」って言ったら「どこいったんだろうな」ってさがしてた。宇宙の星からむかえがきたのかなって思ったけど、誰にも言うなって言われてたから、お父さんに言わなかった。けどお父さんにもむかえがきたし、本当は宇宙人だから、全部知ってたんだろうな。

神辺さんが「よっこらしょ」って立ち上がった。腰を押さえて「うーん」ってゆっくり背中をそらす。

「そろそろ昼休みも終わりだな……仕事に戻るかあ」

まわりでごそごそと人が動きだす。土ぼこりが出ないように、またジブンは水をまく。空は青い。天気がいい。今度はにじができるといいな。それが見たい。

ザアザア聞こえて、止まって、またザアザアッて雨の音がする。ずっと。昨日とおんなじ。雨がふったら、仕事はあんまりない。資格があったら、仕事にいく人もいる。資格のないジブンに、雨の日の仕事はない。

仕事がなくても、部屋代と食事代は給料から引かれる。かせいだお金がなくなったら、借金だ。借金は働いて返せるけど、できるだけ人様の迷惑にはなりたくないなぁ。

朝ご飯を食べたら、することがない。テレビはどこも面白いのはやってない。ふとんの上に寝転がったら、天井が見えた。板ばりの木目がうねうねして面白いなぁって見てたら、雨の音が聞こえなくなった。窓ガラスに顔をくっつけても、ほこりか汚れみたいなので薄茶色で向こうは見えない。あけて、手を外へいっぱい出した。ぽつぽつしない。止《や》んでるなぁ。鼻の奥んとこで、しけた匂いがぐずぐずする……ここにきた日も同じ匂いがしてたなぁ。海、そういや海、見えてたなぁ。

ふむたんびにギシギシする階段を下りて、玄関にいく。靴をはいて、ジャリの駐車場に出る。海は、見えてる。歩いてたら、急にジャリじゃなくなった。ぬかるんでて、足をつくたんびにビチャビチャ音がして、靴ん中がぐっちょりになる。水、入ったな。気持ち悪い。がまんして、コンクリの堤防のとこに来る。靴のうらの泥を階段にこすりつけながら、上る。海のほうの手すりが赤茶色にサビてて、半分ない。しお風は、サビが進むからな。これ、危ないのになぁ。子供と年より、こけそうだな。誰もなおさないのかな?

階段を下りたら、靴がジャリッとめり込む。黒い砂は、ぬれてて重いやつだ。ジャリ、ジャリッて靴の下で音がする。波は、ザアーッ、ザアーッて近づいたり、遠くなったり。爪の大きさの小石が、ザザザッて遠くに転がって、サバッと波がかぶって見えなくなる。あぁ、面白いなぁ。

海は、コンクリの色。誰か、コンクリ流したんじゃないかな。いらなくなって、海にすてたみたいな感じとか。

頭に、ぽつ、ぽつくる。雨だ。また雨になった。ぽつ、ぽつが、たくさんになってくる。ぬれるのは嫌だ。さあ、急げ。急いだ足で、走れ。雨が、ぽつぽつからザアザアの音になる。寮まで遠いな。道の横にバラック小屋がある。ボロいなぁ。ユンボのゴツン一回でこわれるな、あれ。

あいてた入口から、中に入る。バララ、バララ、トタン屋根がうるさい。小屋は、内側の壁をやってない。木を組んで、トタンをはっただけ。薄暗がりの奥に、大きなタイヤの機械。こういうの、現場じゃ見たことがないな。何に使うんだろ。

バララ、バララ。頭の上で、うるさい。トタンがうるさい。風が出て、雨がビョオオオと小屋の中に入ってくる。ひざがぬれて冷たい。後ろに、吹き込んでも雨がかかんないところまで下がる。

ドオオオッと、めちゃくちゃな放水みたいな音がしてきた。トタン屋根はバババババ。こういう雨が、ユンボが動いてる時にふったら、水かけなくてもいいな。あぁ、そしたらジブンの仕事がなくなるなぁ。そりゃダメだ。

小屋の横にあった黄色いプラスチックの箱、ビールケースみたいなのを引っくり返して座る。雨で、水で前が白っぽくなって、外が何にも見えないなぁ。

黒いものがワッと飛び込んできた。びっくりして体がビクビクッとふるえる。イノシシかと思ったら、人だ。人でよかった。その人も「うわっ」と声をあげて後ろに下がった。若いな。お兄ちゃんだ。お兄ちゃんは「すんません、ちょっとだけお邪魔します」とジブンに頭を下げた。

「どうぞ」

お兄ちゃんはジブンに背中を向けて、入口の近くに立った。雨が見えてた入口に、人の形の垣ができる。細いお兄ちゃんだ。野球してる子みたいに、髪が短い。

顔にフッと風がきて、入口に立ってたお兄ちゃんがじりじりと後ろに下がって、三歩ぐらいはなれたとなりにきた。

お兄ちゃんは、片手でスマホをさわってる。そっちの手、うでの内っかわにもようがある。入れずみかな。入れずみは、風呂で見る。ヤクザだったおっちゃんとか。ヤクザじゃないおっちゃんとかお兄ちゃんも入れてる。背中にかっこいいどくろの絵があるお兄ちゃんがいて、すごく痛かったと話してた。痛いのは嫌だ。入れずみを見るたんびにどくろのお兄ちゃんの話が頭に出てきて、ジブンの背中が痛い気がしてくる。

お兄ちゃんの入れずみは、変な形をしてる。仏さまとか竜じゃなくて、丸と三角、三日月みたいなのがダブってる。あれって何だろな。どっかで見たことあるなぁ。本だったかな……頭に「宇宙」ってうかぶ。あれ、宇宙かな。丸が星で、三日月が月。三角は、何だろ。何でもいいか。

お兄ちゃんがスマホを尻ポケットにしまう。顔がこっちを向く。

「前髪が」

お兄ちゃんの口が、ゆっくり動く。

「右と左、長さ違くないですか？」

ジブンの前髪は、目の横にほくろのあるほうが短い。反対は長い。

「前衛的な感じ？」

ゼンエイテキって何だろな。わかんないから、とりあえず「ジブンで切りました」と言ってみた。

「へぇ……見た目、気にしないんすね」

見た目は、見たまんま。昔は「お前、見た目をちゃんとしろ。モテるから」って言われたなぁ。今はない。言われるのはなくなったな。お兄ちゃんが動いたらうでの内っかわの宇宙がチラチラする。目のとこでチラチラ。

「入れずみは、宇宙ですか？」

「入れ墨？　ってあぁ、これのこと？」

お兄ちゃんはひじをゆっくり曲げた。

「適当に好きな形を繋《つな》げた感じ」

テキトーか。テキトーって言葉はいい。優しい。

「それ、好きです」

「…………あ、ありがとうございます」

急にお兄ちゃんの声がちっちゃくなる。

「宇宙が体にあるのは、いいです」

そろそろジブンも宇宙の星に帰りたい。あっちはなんか、いいみたいだし。お母さんとお父さんに会いたい。むかえはいつの夜だろうな。

「おじさん、何ていうか雰囲気が独特ですね」

頭の上で、バラッ、バラッがおっきくなった。お兄ちゃんが上を向く。急に入口んとこから、ドオオオッと地ひびきみたいな音がする。お兄ちゃんの顔が、外のほうを向く。雨でバラックがこわれるんじゃないかって怖くなる。怖い音は長いこと続かなくて、ちょっとずつちっさくなって、少しになった。

「これ」

お兄ちゃんの手が、ジブンに近づいてくる。その指が、小さい紙切れをつまんでる。コンビニのわりびき券かな？　それならうれしい。出したらパンとかおにぎりが、ちょっとだけ安くなる。

「近くで町ぐるみのアート展をやってて、俺も出展してるんで。興味あったら」

お兄ちゃんは「じゃ」と外へ出ていった。雨はちっさくなって、前が見える。歩いてくお兄ちゃんの背中が見える。

お兄ちゃんがいなくなったら、ジブンから見えるとこがさびしい感じになってきた。あったものがなくなったら、変な感じになる。こういうのは、たまにある。これって何だろね。

いい天気で、仕事がない。毎日出ていく人もいるのに、ジブンはたまに。垂れ目と現場がいっしょになって、仕事が回ってこないと話したら「若いのにおかしいて。あんまし前借りしてないからちゃうか」と言われた。

「ここは金持っとる奴にはわざと仕事を回さんと、寮費と食費だけがっつりむしり取るとこやねん」

そういえば、前に誰かが言ってたな。「前借りしないと、金があると思われて仕事を外されるぞ」って。だから毎日、買う物がなくても二千円ずつ前借りしたら、ちゃんと仕事が入るようになったから、よかった。

解体で出たガラの片付けは、昼をちょっと過ぎて終わった。寮に帰って風呂に入っても、まだ昼間だ。二千円を前借りして、コンビニにいく。寮から一番近いコンビニは、垂れ目に教えてもらった。ちょっと遠いから迷いそうだけど、いまんとこだいじょうぶだ。

タバコとアイスクリームを買う。コンビニの前、日かげに座って、アイスをなめる。冷たいもんが、のどのとこをひやっ、ひやって落ちてって気持ちいい。

ランドセルの子供が、男の子が二人、コンビニに入ってく。晴れた空の青と、アマガエルのみどりのランドセル。ジブンのランドセルは黒だった。あれ、いつの間にかなくなってたな。気に入ってたんだけど、お母さんがすてたのかな。

昔のこと、学校のことは忘れた。ちょっとだけ覚えてるのは、すぐに叩いてくる同級生と「どうしていつも忘れ物をするの」って怒る先生。どっちも嫌だったなぁ。

勉強はわからないし、考えてたらいつも頭がしんどくなった。みんな勉強できて、すごいなぁってそんけーしてた。中学は、先生の話してることが何にもわかんなくなった。

お母さんに「勉強教えて」っておねがいしたら、お父さんは仕事でいないのに「お父さんに聞いて」って言われた。

「あたしが宇宙人だから、子供のあんたも宇宙人でしょ。向こうに帰ったら、こっちの勉強といらないいんじゃない」

宇宙からむかえがきて、お母さんは帰った。お父さんも、むかえがきていなくなった。家族だから、きたんだろう。ジブンにも早く来ないかな。垂れ目が話してたな。昨日の現場で、他の会社の土工が死んだって。ガラを落とす穴から下に落ちて、救急車もきたけど、そん時にはもうダメだったって。おじいちゃんだから、足をすべらせたんだろうって。かわいそうに、痛かったろうな。

ジブンもうっかりして死んだらどうしよう。死んだら、宇宙の星にいるお母さんとお父さんに会えなくなる。それはすごく嫌だな。

楽しいこと考えよう。ハムスター……ハムスター、教室でかってたな。かわいかった。小学校の、何年生だったかな。透明の箱ん中で、もそもそ動いてた。それ見て、お母さんみたいって思ったな。お母さんも、部屋の中でずっともそもそしてて、お父さんといっしょじゃないと外へいかなかった。

お父さんとお母さんと、海にいったな。手を、お父さんとお母さんとつないだな。夜で、月が黄色で、波のそばにいったら、ぬるい波が足にあたって、くすぐったかったなぁ。波が引いたら、足の下の砂がざああっとなくなってく。あれ、面白かった。暗いのに、何かよく見えるようになってきて、砂のとこを走ったな。お父さんとお母さんは、波のこないとこにずっと座ってた。三人で出かけたのって、あれだけかな。他にもどっかいったかもしれないけど、覚えてないなぁ。

指をくっつけたら、べたってする。嫌な感じだ。アイスを食べたら、いつもこんなになる。コンビニの壁に指をこすりつけたら、少しましだ。洗わないと全部は取れないかな。もう帰ろう。

タバコに火をつけて、吸いながら歩く。タバコは、お父さんの匂いがする。お父さんは、いつも白と青の箱のタバコを吸ってた。ジブンもこれが一番好きだ。

中三になったら「お前、高校はどうする?」ってお父さんに聞かれた。中学は嫌な子がいたからあんまりいってないし、勉強もわからない。だまってたら「俺といっしょに働くか?」ってお父さんが頭にぽんって手をおいた。

土工の仕事をはじめた時は、しんどかった。つかれて、お昼を過ぎたら動けなくなった。お父さんは、昼休みと仕事が終わった時にいつもジュースを買ってくれた。上の人の言うことを聞いて、言われたことだけしてればいいんだってずっと言ってた。

二人で会社の寮に入ったから、アパートは出た。ご飯を食べるのも仕事もいっしょだから、働きはじめてからのほうが、お父さんはジブンの近くにいたな。上の人に怒られたら「気にするな」「次から気をつけろ」って頭なでてくれたし、けがをしたら病院に連れていってくれた。

お父さん、優しかったなぁ。ずっといっしょにいたかったなぁ。ジブンのむかえが来るまで、待ってくれたらよかったのに。順番にいく決まりなのかな。それならしかたないけど。

歩道にある電柱の横に高所作業車が止まってて、黄色と黒のコーンでかこわれてる。通行止めだ。さっきまで通れたのになあ。

「手前の横断歩道を渡って、向かいの道からお願いします」

ゆうどうの人が、ジブンの後ろを指さしてる。しかたないから、遠回りになるけど引き返して横断歩道を渡った。歩いてるうちに、あれっ？　と足が止まる。ここ、どこだ？　何か見たことのないとこにきたぞ。寮からコンビニまで、何回もきてるのに迷ったかな。嫌だな。まぁ、歩いてたらそのうち着きそうだから、歩く。けど歩いても歩いても、寮も海も見えてこない。まずいなぁ。誰かに聞いて、教えてもらわないとダメだな。

「すみません」

赤いランドセルの女の子に声をかけた。

「多仁《たに》建設は、どこにありますか？」

女の子は「知りません」って、ジブンから大きくはなれて走っていった。後ろにいた男の子にも、聞く。その子は耳が聞こえなかったみたいで、何にも言わずにいなくなった。大人を見つけたから、大人にも聞いた。そしたら「このあたり、よくわからないので」と声が嫌な感じだった。

嫌な感じの大人のあとに、自転車に乗った制服の男の子がきたから、聞いた。

「知らないです」

その子は頭をななめにかたむけた。

「海の近くに、あります」

男の子はスマホを見て「その会社、マップにも出てないし」と頭をかいている。

「海は右のほうだから、そっちにいってまた他の人に聞いてみたらどうですか」

やっと教えてくれた。この子は親切だ。

「ありがとうございます」

いこうとしたら「おじさん、おじさん」とその子が追いかけてきた。

「そっちは左。反対だし」

男の子が指をさしたほうにいく。右と左は、いつもごっちゃになる。たまにこっちかな？であたる。まちがえない人もいるけど、ジブンはわからない。どうしたらわかるんだろうな。おっちゃんでも、わからない人はいる。わかんなくても、みんなちゃんとやってるしな。

歩いても歩いても、寮も海も見えてこない。このまま寮に帰れなかったら、野宿か。それは嫌だ。ご飯も食べたいし、外で寝たらカにさされる。寮の、知ってる人が通らないかな。あとについていってったら、帰れるのになぁ。

道の横に座り込む。足がつかれた。のど、かわいたなぁ。向かいに自販機がある。百円玉あるかなってズボンのポケットに手を入れたら、指に何か柔いものがさわった。出してみる。しわになった紙だ。レシートかな？　ちがう。四角い紙切れに、人の名前と、うらに地図みたいなのが書いてある。これ、めいしかな。じゃ会社の人のだ。この地図が寮のあるとこってことかな。そんな気がする。

前を歩いてた女の人に「すみません」って声をかけた。ジブンより下かな。お姉ちゃんは足を止めて、こっちを見てる。近づいたら、お姉ちゃんは、じりっと後ろに下がった。

「道を教えてください」

めいしの地図を見せる。お姉ちゃんは高いところから下を見るみたいにそおっとのぞき込んできて「あっ」と声をあげた。

「友達がやってる展示会だ。私も今からそっちにいこうと思っててー」

お姉ちゃんはいきおいのある早口で、とちゅうから言葉が頭の中でワーンってして、わからなくなった。

「ちょっと入りくんだとこにあるんですよね。案内しますよ」

あんないするってのはわかった。連れてってもらえそうだ。あぁ、よかった。寮に帰れる。ホッとして、お姉ちゃんのあとについていく。前をいくお姉ちゃんの髪は、赤い、赤いペンキの色だ。目印になるな。

「カンくんの知り合いですか？」

赤い髪のお姉ちゃんが、こっちを向いた。

「カンクン？」

それは何だろう？

「そのギャラリーで展示してるの、カンくんだから」

あぁ、カンくんは人の名前か。カン、カン……そういう名前の人、寮にいたかな？　よく出たり入ったりするから覚えてないけど、いるんだろうな。

海が、見えてこないなぁと思ってたら「ここですよ」とお姉ちゃんが止まった。古い民家の大きな平屋の前。会社の寮じゃない。ジブンはどこに連れて来られたんだろう。急に怖くなってきた。

平屋の入口は引き戸で、あいてる。お姉ちゃんが「入らないんですか?」って聞いてきた。

「ここはちがいます」

お姉ちゃんは「間違ってないですよ」と平屋の中へ入る。ちがうのになぁ、どうしよう。逃げようかなって足ぶみをしてたら、誰か連れて出てきた。男だ。若い……坊主頭のお兄ちゃんだ。お姉ちゃんが何か言って、坊主頭のお兄ちゃんがこっちを見る。「あれ、バラックの人?」って坊主頭のお兄ちゃんはしゃべった。

「やっぱ知り合いなんだ」

お姉ちゃんが、お兄ちゃんの肩を叩く。

「知り合いっていうか……」

お兄ちゃんの声がちっさくなる。「じゃ、またね。あとで連絡する」とお姉ちゃんは信号のほうに歩いていく。お兄ちゃんは指をぱちぱちならしてる。

「……きてくれて、うれしいです」

このお兄ちゃん、誰だろう。同じ現場で働いたことのある人かな。お兄ちゃんの、なってる指のほうのうでに、入れずみがある。丸と三角と、もういっこは三日月だ。それって宇宙かな。宇宙……その入れずみ、どっかで見たことあるな。どこだったかなぁ。

「中で展示してるんで、見てってください」

お兄ちゃんの、うでの内っかわにある丸と三角、三日月がゆれる。頭ん中に、急に、うるさいバランバランが出てくる。灰色の海、黄色いビールケース……あぁ、思い出した。雨の日の、お兄ちゃんだ。

「会社の寮に帰りたいです。道がわかりません。教えてください」

お兄ちゃんの指が、ぴたっとならなくなる。

「教えてください」

お兄ちゃんは「迷う道でもないような」とあごをさわってる。

「スマホのナビとか、使ったらどうですか」

「ジブン、スマホ持ってません」

お兄ちゃんが、だまる。聞こえなかったのかなと「スマホ、持ってません」ってもう一回、教えた。お兄ちゃんが「会社、何てとこですか」とズボンのポケットからスマホを出す。

「多仁建設です」

お兄ちゃんはスマホを見て「出てこないな」ってぼそって言う。

「こっちにきてもらっていいですか」

平屋に入ったお兄ちゃんに、ついていく。家の中は下がコンクリの打ちっ放しの土間になってて、ホールみたいに広かった。梁《はり》はむき出しで、りっぱな家だ。

お兄ちゃんは土間のはじっこにあるテーブルの前に座って、ハガキぐらいの紙に絵を書く。そうして書いた物を見せてきた。

「これ地図です。そこの会社はわからないけど、この前の砂浜のとこまでいったら帰れますよね」

白い紙の上、えんぴつの先が「ここの角の歯科医院の所を曲がって、そこから橋を渡って……」と動く。

「あのう、わかりません」

「はっ」

「ジブン、地図わかりません」

お兄ちゃんのえんぴつの手が止まる。動かない。バカって怒られるかな、と少し怖くなって身がまえる。

「……知り合いにも地図が読めないって奴、いたな」

お兄ちゃんは誰もいない家の中をぐるっと見渡すみたいに頭を動かしてから、もう一回スマホを顔に近づけた。

「ここを閉めたあとなら、近くまで送っていけます」

スマホから顔を上げて、お兄ちゃんがこっちを向いた。

「三十分ぐらい、待っててもらってもいいですか？」

「はい」

お兄ちゃんが、寮まで送ってくれそうだ。とても親切だな。帰れそうでよかった。晩ご飯、間に合わないかもなぁ。それはしかたないな。ホッとしたら、急に頭の中がタバコでいっぱいになった。タバコが吸いたい。取り出して火をつけようとしたら「あの」とあわてた声が聞こえた。

「ここ、禁煙なんで」

お兄ちゃんにちゅういされる。ちゅういだけど、怖い声じゃない。

「あ、すみません」

「外なら大丈夫なんで」

家の外に出て、軒先にしゃがみこんでタバコに火をつける。ちょっと前まで寮に帰れるかどうかわからなくて、野宿かって嫌だった。けど帰れるってわかったら、だいじょうぶ。タバコ、おいしいなぁ。ゆっくりゆっくり吸う。吸い終わったら、吸いガラは足でふみつぶす。ちゃんと消さないと、火事になる。

陽があたって、うでんとこがチリチリする。暑いなぁ。ここは西日がきつい。タバコ、もう吸ってないから、いいかな。家ん中に入ったら、日かげになってるからやっぱり涼しい。その場で一回、ぐるっと回る。ここ、がらんとしてるな。荷物のない倉庫だ。

テーブルの向こうに座ってるお兄ちゃんが、こっちを見てるかな。ずっとそこにいる。だから「何をしてるんですか?」って聞いた。

「個展です」

「こてん?」

「俺は作品の説明をしたり、販売の対応とか」

はんばいは、売るってことだ。

「何を、売ってるんですか?」

「壁に展示してる版画です。……興味なさそうだけど、暇だったら見ていってください」

はんがって、絵だな。絵は、ゲイジュツ。頭のいい人がやってる、ジブンが見ても何もわかんないやつかな。絵はどうでもいいけど、家の中は見たい。壁にそって歩く。古いけど、汚れてなくてきれいな家だ。柱も太くってじょうぶだ。こういうのは、すごくいい家だ。

壁においてある絵は、がくぶちはおっきいのに、中の絵はどれも手のひらぐらいでちっさい。白と黒で、色がついてない。もっと色があったらきれいでいいのになぁ。

ちっさい絵がたくさんの中で一つだけ、Pタイルぐらいおっきい絵があった。その絵は白黒で、いっぱいのせんの中に、ぼわんとした丸い形がある。こういうの、ずかんで見たな。星の形だな。もっと顔を近くする。丸い形の手前は、小さい点があちらこちらにぎゅっとつまってて、見てるうちに、だんだんのどがしまるみたいに息苦しくなってきた。絵からギチギチと音が聞こえそうだ。ギチギチしてるのって、何かな？　丸いのが星だったら、これは宇宙かな。宇宙ってこんな風になってんのかな。ギチギチした絵の中に、吸い込まれていきそうになる。この中に、ジブンの帰る星はあるのかな。

「……あの」

急に声が聞こえてきて、びっくりした。となりにお兄ちゃんが立ってる。しずかだったから、ぜんぜんわかんなかった。

「あ、すみません。ずっとそれ、見てるなって」

「あ、はい。宇宙の星ですね」

「ふうん、そう見えるんだ」

手をのばして、さわった。宇宙は、ガラスの向こうにある。

「一応、ふれるのはご遠慮くださいだけど、まぁいいか。おじさんしかいないし」

指を動かす。軽うく叩く。コツコツ、ガラスの音がする。

「ここに、いきたいなぁ」

お母さんとお父さんのいるところ。二人と話がしたいなぁ。よくわからないけど、いいところに、いきたい。

「そろそろ閉めます」

お兄ちゃんの声がする。

「あの、電気を消すんで。いいですか？　消しますよ」

フッとまわりが暗くなる。絵が、見えなくなった。あぁ、消すって言ってたかな。お兄ちゃんは、入口の手前の机のとこにいる。そこはまだ、明るい。暗い中を、明るいほうに、歩く。

「片付けるんで、外で待っててくれますか」

お兄ちゃんが言うから、外に出た。さっきよりも暗くなった軒下のとこでタバコを吸う。家の中から、ガタガタ音がしてる。明かりがパッと消えて、そしたらジブンのまわりも真っ暗になって、タバコの先がジリッと明るくなった。

リュックを背負ったお兄ちゃんが出てきて、引き戸にカギをかけてる。「こっち」と先に歩くから、ついていく。夜で暗くっても、道は見える。街灯とか、横を通る車のヘッドライトとか。前にあるのは暗い道なのに、見えてないものが頭ん中に見える。

「頭に出てくるなぁ」

前を歩いてたお兄ちゃんが、こっちを向いた。

「さっきの、ギチギチした星の、宇宙の絵」

「あれは絵じゃなくて版画なんで」

はんがは絵じゃないのかな。よくわからないから「へえ」と言っておいた。これは、だいたいだいじょうぶな言葉だ。

家と家のあいだを、お兄ちゃんは歩く。その背中に安心する。お兄ちゃんの足が止まる。スマホを見てる。「暗いとわかんないな。この辺、あんまよく知らないし」と頭をかく。

歩いて、止まって、歩いて……しおの匂いがフッと鼻の奥んとこにきた。雨がふったあとでなくても、しけった風。ぞうりが、柔いとこにザクリとしずむ。あぁ、砂んとこに出たな。ザーッ、ザーッと音がする。ザーッ、ザーッ。夜の海。暗い海。月が出てる。お母さんと、お父さんと、夜にきて、ジブンの足の下を砂が流れて……お兄ちゃんが止まって「あそこ」って言った。

「あそこじゃないですか？　明かりのついた旅館ぽい建物」

はなれたとこに、暗いかげがある。窓んとこが明るい。あれ、寮かな？　そうかもしれないけど、ちがうかもしれない。

「わかりません」

「もっと近くで見たらどうですか」

窓の明かりのほうに歩く。そしたら道の横に、黒いぼーっとしたものが出てきた。家かな？　何だろ？

「これ、雨宿りしたバラック小屋だ。やっぱりあの旅館ぽいので正解ですよ」

お兄ちゃんが、黒いぼーっとしたものを背に立ってる。小屋って言うから、小屋かな。暗いし、よくわからない。けど、奥にある建物の、窓の明かりは寮だ。玄関のほうの看板が見えた。

「ここまできたら、もう大丈夫ですね」

「はい」

今だったら、まだご飯の時間に間に合うかもしれない。よかった。

「どうも、ありがとうございました」

とても親切なお兄ちゃんに、お礼を言う。

「いいですよ。ちょっと面白かったんで」

「面白い？」

「おじさんの、風がわりな感じが」

風がわりか。それがいい感じなのか、悪い感じなのか、わからない。まあ、どうでもいいか。

「そうですか」

ジャリッ、ジャリッと音がする。お兄ちゃんの靴の先が、ワイパーみたいに動いている。

「おじさんってさ、何の仕事してる人？」

「土工です」

「それって、家を作ったりとか？」

「家はちょっと作ります。壁をこわしたり、ガラを集めたりします」

「その仕事って、面白いですか？」

仕事が面白い？　仕事は、面白いのかな？　すごくつかれるけど、お金をかせがないといけないから、仕事をする。お金がないと、ご飯が食べれない。ふとんのあるところで寝れない。テレビが見れない。

「あ、えっと……そんな深い意図があって聞いたんじゃないんで」

お兄ちゃんは、わからないことを聞いてくる。わからないことを聞いてくる人は、いる。それはしかたない。ジブンは地球の人間じゃない。みんなと何かちがうかもなぁって気になってたのは宇宙人だから。いつか宇宙からむかえがきて、帰る。帰る。

だから、わからなくってもいい。ジブンの星に帰ったら、きっとわかるようになるんだろう。あ、わからなくてもいいのか。だって地球には、いないんだから。

もう、帰っていいかな。お兄ちゃんを見て「じゃあ、さようなら」と手をふる。帰りの、あいさつ。帰りの、あいず。お兄ちゃんの口から「さよなら」が聞こえる。あぁ、帰れる。

「暇だったら、またあそこに遊びにきてください」

「いきません」

どうやってあの家にいったかわからない。だからいけない。迷って帰れなくなって、晩ご飯が食べれなかったり、野宿になったらこまる。

「……けっこうはっきり言うね」

明るいところに向かって歩く。少し歩いて後ろを向いた。まだお兄ちゃんがいる。帰らないのかな？　もっかい後ろを向いても、いた。

歩いてたら、あの絵が頭の中に出てきた。星と、宇宙と……あぁ、あの絵はいい。いいなぁ。

「ムラさん」

食堂に入るってとこで、聞こえた。ジブンの名前。誰かが呼んだ？　声のするほう、玄関のとこに垂れ目がいる。

「ちょっと、きてもらってもええ？」

顔のとこで、いい匂いがしてる。きっと唐あげだな。お腹が空いてるから、早くご飯を食べたい。けど垂れ目が呼ぶから、ついていく。暗くなって、外の玄関は上の明かりがついて、垂れ目の顔んとこは半分、かげになって暗い。

「ムラさんさぁ、世野建設で長いこと働いてたんやろ？」

「はい」

垂れ目は「はあああっ」て眠たいみたいな息をしてから、ジブンを見た。

「実は、俺のオカンが病気になって、手術せえへんと死ぬ言われてもうて」

死、という言葉にむねんとこがひやっとする。死は、嫌だ。痛そうで、悲しい。お母さんが、死ぬ。それは嫌だ。すごく悲しい。垂れ目がぐうっと下を向く。

「けど金がなくって。借りれるとこからもう限界まで借りたんやけど」

垂れ目は両手を合わせて、ジブンを神棚みたいに拝んできた。

「金、貸してください。どうしてもオカン、見殺しにできへんのや」

あぁ、かわいそうだ。かわいそう。お母さんが病気なのは、ジブンも嫌だ。けど……。

「ジブン、お金をあまり持ってません。時間を過ぎたので、前借りできません」

「じゃあ今あるだけでもええので、貸してください」

ズボンのポケットから、前借りした千円を出した。

「これ」

垂れ目はエサを見つけたトンビみたいにヒュッとお札を取って「マジ、感謝」と走って寮の外へ出ていった。

次の日も垂れ目に「お金を貸してください」って言われた。事務所があいてたから、あるのを全部もらったら十四万三千円って言われた。それを垂れ目に「お母さんが手術できますように」って渡した。それから垂れ目を見なくなった。垂れ目はいつも現金で、いき帰りはよくいっしょになってたのに、いなくなった。

昼間は暑いのに、朝は何か寒いぐらいになってきた。久しぶりに会社のハコバンに乗ってる垂れ目を見たけど、同じ現場じゃなかった。仕事から帰ってきて、事務所にいこうとしたら、垂れ目に呼ばれた。あぁ、お金を返してくれるんだなと思ったら「すみません」とあやまられた。

「金が、また足りんくなって……絶対に、絶対に返すから貸してくれ。お願いや」

垂れ目の目から、涙がいっぱい出てた。かわいそうだからあるったけ貸した。

昼間が涼しくなって、夜は寒くて、長そでの服を着ても背中がスウスウする。ここのとこ毎日雨がふってる。テレビで台風八号って聞いて、雨が過ぎたらすぐに九号ってなって、工事も止まってばかりで仕事がない。垂れ目にお金を貸したからお金がなくて、働けないあいだの寮費が借金になってる。それはしかたない。しかたないけど、会社にもうしわけないなぁ。

窓の外は風がびゅうびゅう吹いて、枝が大きくしなる。風とのがまん比べみたいだ。さっき、テレビが消えた。何回リモコンを押しても、つかない。こわれたら、事務所にほうこくしないとジブンがべんしょうしないといけなくなる。ろうかに出たら、あれって思うぐらい暗かった。天気が悪いからかなぁ。

一階のろうかのとこにきたら、玄関の引き戸がガラガラとあいた。風が吹いてきて、ジブンの前髪がゆれる。

「ちきしょう、ちきしょう」

角刈りで、白髪の平川《ひらかわ》さんが舌打ちしながら入ってくる。平川さん、やっと名前を覚えた。平川さんは、玄関入ったとこでかさをバサバサッて上に下にふる。ぴちゃって、ジブンの顔んとこまで水が飛んできた。冷たいなぁ。

「ったくよぅ。タバコが切れなきゃ、外なんて死んでも出ねぇのによ。ちきしょう」

怖い声でぶつぶつしゃべって、平川さんがジブンを見た。

「お前、外いくのか？　止めとけ。今クソほど降ってんぞ」

「テレビがつかないので、事務所の人に話をしないといけません」

平川さんは「あぁ」と、犬みたいに体いっぱいでブルブルした。またぴちゃって水が飛んでくる。

「そりゃ停電のせいじゃないか？　近くの信号、消えてたぞ」

停電？　そういやカミナリがなってた。どっか落ちたかな。停電でテレビがつかないなら、事務所に言ってもダメだな。

「そういやお前、知ってたか。轟《とどろき》の奴、捕まったらしいぞ」

トドロキは聞いたことあるけど、顔がわからない。平川さんが話すんだから、ジブンが知ってる人なんだろう。

「そうですか」

トドロキがわからなくても、返事はできる。

「お前、あいつに金を貸してたんじゃないか」

金を貸す？　金……お金を貸したのは、垂れ目だ。垂れ目はトドロキって名前だったのかな。そう呼ばれてたかもなぁ。人の顔は、いつも見てないとすぐに忘れる。

「はい」

「執行猶予中だったから、実刑だってよ」

働いてた人がつかまるのは、よくある。実刑は、ムショにいくことだ。

「悪いことをしたんですか？」

「シャブだよ。仕事ん時も目つきがバキバキで、やってんじゃねえかって思ってたんだよな」

垂れ目はお母さんの手術をしたいのに、お金がないからってジブンに借りにきた。お金がないのに、どうやってシャブを買ったんだろう。

「お前が貸した金は、もう戻ってこねえだろうな」

「お金は、返ってきます」

平川さんは「お人好《ひとよ》しも大概にしろ」とこっちに近づいてきた。

「お前、世野にいた時も、人に金を貸しまくってたんだろうが」

あんまりよく覚えてないけど、お金を貸してという人はいた。

「親兄弟が病気だって言ったら、あいつはすぐに金を出す。返さなくても文句も言わない。『カモのムラ』って呼ばれてたって噂《うわさ》になってたぞ。カモられたくなかったら、気ぃつけろ」

平川さんは怖い声でわーっと怒鳴って、いなくなった。嫌な気分が、しっけみたいにもわっと広がる。世野建設には、あそこがつぶれるまでいた。どんどん寮にいる人が少なくなって、みんないなくなって、社長もいなくなって、残ってたのはジブンと上野のおっちゃんの二人だけだった。

世野にあった借金は、会社がつぶれてなくなった。借金、いっぱいになってこまってたから、よかった。人にお金を貸したことは覚えてる。けど誰に、いくら貸したか覚えてない。お金が返ってこないのは嫌だけど、みんなこまってたから、こまってる時はお互いさまってお父さんも言ってたから、いいんじゃないかな。

部屋に戻っても暗いし、テレビもつかない。することがない。窓の向こうで、風がゴゴゴッて吹いてる。雨もドオオッとうるさい。ふとんで仰向《あおむ》けに寝転がる。寝れるかな。目をとじる。あの絵がポッと頭の中に出てきた。白と黒。小さな点々と、丸。絵の真ん中にある宇宙と、星。目をひらくと、絵は消える。とじると、何となく出てくる。

あぁ、あの絵。もっぺん見たいなぁ。

2

ゴッとぶつかって、目がひらいた。頭、打った。じわぁって痛い。頭の上のほう、痛いとこにさわる。こぶは……ない。ないな。じゃあだいじょうぶだ。ガタッ、ガタッ、ハコバンは飛びはねるみたいにゆれて、腰がうく。ちっともじっとしてない。

土ぼこりで黄色っぽくなった窓ガラスの向こうに、葉っぱと枝がある。近い。窓にあたって、ピシッ、パシッて音がする。ガラスがあるからあたんないのに、音がしたら肩がびくびくってする。あぁ、山ん中だなぁ。道もせまい。どこにいってるんだろうな。……どこでもいいけど。着いたところで、上の人に言われたことをしてればいい。お父さんがそう言ってた。

話してる声はしない。ハコバンに乗ってる人は、しずか。みんな寝てるかな。目をとじて、お昼の弁当に唐あげが入ってるといいなぁって考えてたら、ゆれるのがなくなった。ハコバンが止まる。ドアがあいて、みんなおりる。ジブンは最後におりて、あれっ？　と変な感じになった。昔のことは忘れてるのに、ここはなつかしい。奥にある茶色い屋根の建物は、事務所だ。その横にトタン屋根で、つつ抜けの倉庫。川が見えるほうにいっぱい並んでる寮のコンテナ。コンテナはサビがういて、長いこと放っておいた空き家みたいにツタがいっぱい絡まってる。

コンテナの反対、山をけずった奥のほうは、いろんな産廃がつまれたゴミ山。前と同じだ。

「ここが噂の世野か」

平川さんが、おでこに手をあてて産廃のゴミ山を見てる。

「ムラよ、古巣が懐かしいんじゃないか」

「はい」と返事をする。平川さんの横にいた班長が「ムラさん、ここにいたんですか！」ってジブンのほうを向いた。

「潰れるまでいたってさ」

平川さんが、ジブンのかわりに話す。班長は「マジかぁ」と両手を頭においた。

「仕事はキツくて日当は安い。怪我人も多かったって聞いてたけど」

現場はどこもしんどかった。

「けがする人、たくさんいました」

世野で働いてた時、足場がぐらってして、ジブンも下に落ちた。「高いとこじゃなかったから、命拾いしたな」って言われた。足の骨が折れて痛かったなぁ。寮に入ってたから、寝るとこととご飯があった。働けないあいだ、寮費が毎日引かれて借金になったけど、よかった。

「まあ、いい加減なとこは安全管理もお察し……だからな」

平川さんがちっさい声でぼそぼそ話す。班長が「はあっ」てつかれた感じのおっきな息をする。

「ここ、何回も所有者が変わって手がつけられなかったのが、道が通ることになってやっと持ち主が手放したって話だけど、まぁ、酷いですね。酷いって言えば、最近センター以外のとこで土工を集めてる手配師が、だまし討ちみたいにして原発に連れてくって聞いたな」

「そんなん昔っからだろ」

二人はごちゃごちゃ話してて、手配師とかだますってのだけわかった。ジブンもお父さんに、センターじゃないとこにいる手配師の仕事はしちゃダメだって言われたな。

物も多いし広いから、現場には他の会社も入ってる。ジブンのとこは事務所の解体だ。壁をこわすよりも、解体のほうがネジを外すとかちまちましたのが多くって手間と時間がかかる。

解体してる事務所の横を、産廃をはこび出すでかいトラックがドドドッ、ドドドッていったりきたりする。土ぼこりがあがるたんびに足場がゆれて、目の前が薄黄色になる。

コンテナをトラックにつみ込んでる他の会社に、黄色い作業着の人がいた。お父さんはいっつも黄色い作業着を着てたから、もしかしてお父さんかな？　けどジブンの星に帰ったんだよなぁってじっと見てたら、やっぱりちがってた。けど、知ってる顔みたいな気がする。誰だったかなって考えてたら、急に神辺って名前が頭に出てきた。ジュースをくれた神辺さん。いい人だ。いい人は、覚えてた。

昼休み、ハコバンのかげになってるとこで弁当を食べてから、そのへんを歩いた。なつかしいとこと、初めて見た感じのするとこがある。

事務所のうらにある産廃おき場のゴミ山は、朝に見た時よりもちょっとだけ低くなってる。そこに作業員が二人いた。ちがう会社の人だ。山のはしっこでタバコを吸ってる。いい匂いが、こっちにくる。あのへんは風が吹くから、涼しかったな。

「なんでこんなごついの敷いてんねやろ」

産廃おき場の下に、サビて赤茶になった鉄板。三畳ぐらいあるそれの上で作業員が足ぶみしたら、タンタンって厚い金属の音がする。昼休みは作業がみんな止まっててしずか。タンタンって音がおっきくひびく。

「下が緩くて、タイヤが沈むんだろ」

「そんな地盤が悪い感じはせえへんけど、まあ川のそばやしな」

うらから、会社の入口のほうに回って、トイレの横を通る。おしっこの臭いがふわっとする。目が痛くてゲロ吐きそうになる臭いは、ない。なくなった。

かげでじっとしてた人が、もぞもぞ動きだす。アリみたいだ。昼休み、終わったな。また仕事だ。がんばらないとなぁ。

解体した壁のトタンをトラックにつみ込んでたら、ワアワアと声がして、産廃のゴミ山のほうに人が集まっていった。平川さんが「何だ、何だ」とそっちに首をぐうってのばす。班長が「誰か怪我でもしたかな。ちょっと見てきます」って、ゴミ山のほうに歩いてった。トタンをのせ終わった時に戻ってきて「産廃んとこから、骨が出てきちゃって」って舌打ちした。

「今から警察が来るんで、とりあえずこっちの作業もいったん中止ってことになりました」

あっちゃーと平川さんが頭をかかえる。骨かぁ。基礎を作るのにほってる現場だと、たまに出てくる。出ると、作業が止まる。だから骨はめんどくさいってみんな言う。

「山ん中だし、このへんは古い墓場だったんじゃないか。あれっ、けど産廃ってことは……」

平川さんの声がちっさくなる。

「敷いてる鉄板の下から出てきたそうです。……作業着っぽいの着てるみたいで」

班長がそう言ったら、みんなしゃべってたのに、急にフッてしずかになった。

「アレだと今日中にカタはつかないでしょうね。俺らは関係ないし、待たされるのも時間の無駄なんで、引き上げられないか聞いてきます」

班長はまた、産廃のほうに戻ってく。平川さんは「これだから、ケタ落ちは」ってぼやいてから、こっちを向いた。ジブンを見てる。

「お前、ここに長くいたんだろ。何か聞いてないか」

「聞くですか？」

平川さんが「お前は、そういうのに関わるタイプじゃねぇな」って顔を横に向けた。

昼休みみたいに、みんな日かげでタバコを吸ったり、スマホを見たりしてる。「ブルーシートで囲われて、骨は見えへんかったわ」って見物にいった人が言う。

ファーン、ファーン、ファーン……耳の奥までうるさいサイレンが、パトカーの音が近づいてくる。この音は嫌だ。悪いことはしてないのに、聞いてるとソワソワして、むねんとこがドクドクする。警官は嫌だ。警官は、いいことがない。

「作業の再開がねぇなら、早く帰りてぇな。縁起が悪い」

しゃがんだままぶつぶつしゃべってる平川さんの横で、ジブンも座ってタバコを吸う。きゅうけい時間じゃないけど吸う。みんな、吸ってる。だから、いいんだろう。トイレ、あんなにくさかったのに、もうあんまくさくなかったなぁ。使わないと、トイレの臭いはなくなんのかな。タバコが半分ぐらいになって、吸うかすてるか迷ってたら、班長が戻ってきた。ジブンのとこに来る。班長のかげで、暗くなる。

「ムラさん、昔ここで働いてたことがあるんですよね」

班長が、ジブンを上から見てる。

「はい」

「警官が話を聞きたいって言ってるんですけど」

センターの近くにいたら、警官が声をかけてくる。しょくむ質問だって聞いてくる。話が長いと、とちゅうから頭がわーんてしてわからなくなる。それで「はい」「はい」って返事をしてたら、車の中に入れって言われて、また聞かれて、やっぱりわからなくて、頭が痛くなる。だから、嫌だ。

「いっしょにきてもらっていいですか？」

班長が手まねきしてる。警官は嫌だけど、上の人の言うことは聞かないといけない。嫌だな、嫌だなって思いながら、班長の横を歩く。

「犯人って疑われてるわけじゃないですよ」

班長が、しゃべる。

「潰れた会社だし、参考までにって感じだと思います」

産廃おき場は、鉄板をしいてたあたりがブルーシートでかこわれてた。

制服の警官が一、二……五人いる。近くに、作業着のおっちゃんもいっぱいいる。いっぱいのおっちゃんの中に、黄色。神辺さんがいた。黄色い作業着の神辺さんは、わかる。

「以前、ここで働いてた作業員です」

班長が、警官にジブンの話をしてる。

「ムラの坊主よ」

神辺さんがジブンの近くによってきた。

「お前、親父さんはどこにいったって言ってた」

お父さんはむかえがきてジブンの星に帰ったけど、それを言っちゃいけない。ジブンのむかえが、来なくなる。

「お父さんは、わかりません」

「急にいなくなったんじゃないのか」

「はい」

「それはいつ頃の話だ？」

「昔です」

「五年とか十年とか、そんぐらいか？」

年数を言われてもしらない。数えてない。

「すごくすごく、昔です」

神辺さんは、腰に両手をあてた。そこ、痛いのかな？

「鉄板の下から出た骨がな、黄色の作業着を着てたんだよ。……親父さんもよく黄色を着てただろ」

「はい。お父さんは黄色の服を着ます」

まわりがしずかになる。どうしたんだろ。みんながジブンを見てるのかな。変な感じだな。

「言いにくいんだが、見つかった骨……もしかしてお前の親父さんじゃないのか」

神辺さんの言葉にびっくりして、おもいっきり首を横にふった。

「ちがいます、ちがいます。お父さんは、お母さんと幸せにくらしてます」

宇宙人だから、二人で、ジブンたちの星にいる。神辺さんが「本当か」って下からジブンの顔を見上げてきた。

「はい」

ジブンにも、むかえが来る。警官が「話、いいですか」って近よってきた。警官の言うことは、聞く。聞かないと、あとでめんどうなことになるって、みんな言う。おとなしくしとくのが、一番いいって。でなきゃ、見かけたらサッサと逃げちまえって。

「具体的に、何年から何年までここで働いてましたか?」

セイレキやネンゴウをたまに聞かれる。今はわかるけど、あとになったらわからない。ジブンの生まれた日しか、わからない。わからないから「長いあいだ」って答える。「二、三年前ですか？　もっと前?」と数字を言われてテキトーに「はい」と返事をしたら「どっちですか?」と聞かれる。わからないしだまってたら、警官もだまった。

「ではあなたがいた当時、大きなもめ事や、誰かが急にいなくなったとか、そういう話を聞いたことはありませんでしたか?」

大きなもめ事って、ケンカだな。口ゲンカや殴ったりは、いつもあった。人がいなくなるのもたびたびあった。人が入ってきて、人がいなくなって、そういうのが、ずっと。

「みんな、いなくなりました」

「みんなって?」

「みんなです。最後にいたのは、上野のおっちゃんとジブンです」

「些細《ささい》なことでもいいので、気になったことはありませんでしたか？」

警官はジブンに何を聞きたいんだろう。昔のことかな。昔のことは、あんまり覚えてない。出てこない。あぁ、ちょっと思い出した。

「茶色い犬がいて、ちくわをあげたらチンチンしてました」

「そうですか」っていう警官の声が怖い。嫌だな。がんばって思い出そうとしたせいかな、頭がぱんぱんしてしんどい。わからないことがいっぱいになったり、ずーっと考えてたら、こんなになる。つかれる。警官は何か言ってるけど、わからない。ぐちゃあってなって、いみがわからない。わからないけど、何か言わないといけないんだろうから「はい」「はい」って返事をしてたら、警官は何も聞いてこなくなった。終わったのかな？　よかった。頭がちょっと楽になる。

「ご遺体を……骨の状態ですが、一度見てもらっていいですか」

警官が、ジブンに言ってる。これは、わかった。骨、骨は前に見た。埋まってた、頭の骨。白かった。

「……強制ではありませんが」

「あ、はい」

警官のあとについてく。ブルーシートがめくられて、見えた。穴の中に、土の中に、何かある。泥だらけの、ポケットがいっぱいついた作業着を着てる。汚れたみたいな茶色。黄色もちょっと見える。これ、横向きになってるのかな。上のほうにある白いのが頭の骨か。ぐじゃっとした糸みたいなのは……髪？　髪か。ちょっと気持ち悪いな。髪の中に、何かある。黄色だ。何だろ？　しゃがんでのぞき込む。黄色い花だ。

「あれぇ」

警官が「どうしたんですか？」って近づいてくる。

「お父さんとおんなじだ」

何がですか、と警官の声がおっきくなる。怖いなぁと思いながら指さした。

「お父さんは、お花のゴムで髪を結んでます」

お母さんが使ってた。お母さんがいなくなったら、お父さんが使ってた、黄色い花のついたゴム。

「この人、お父さんとおんなじの、してます」

警官が「あの」と話しかけてきた。

「あなたのお父さんが、同じものを使っていたんですか？」

「はい」

「このご遺体が、その……お父さんではないですか」

「お父さんじゃないです」

「じゃあ、そのお父さんと連絡は取れますか？　少し話をお聞きしたいのですが」

お父さんとは、話せない。ジブンの星にいるから。警官はどうしてダメなことばかり言ってくるんだろう。どうしたらいいんだろう。頭がまた、ぱんぱんしてくる。考えるのは、しんどい。

「連絡は、取れません」

「どうしてですか？」

警官の声が怖くなる。

「連絡は、取れません。けどお母さんといっしょに、元気にいます」

「連絡が取れないのに、どうして元気だとわかるんですか？」

それは、むかえがきてジブンの星に帰ったからだ。

「……ジブンは、わかります」

「あの、ちょっといいですか」

神辺さんが、警官をはなれた場所に連れてって、話してる。そうしてからみんなで戻ってきた。

「お前、いつから親父さんに会ってないんだ？」

しゃべってる神辺さんの声が、優しい。むねんとこがホッとする。

「ずっと前です」

「世野で働いている時に、親父さんはいなくなった。そこは間違いないんだな？」

「はい」

「……そうか」

まわりが、話をしてる。もうジブンに聞いてこない。よかった。たくさん聞いてくるし、どんどんわかんなくなって、嫌な感じがほこりみたいに広がってた。そうしたらまわりが、いろんなものが、見えてたのに見えない感じになってくる。

神辺さんの口が、動く。

「あの仏さん、やっぱり親父さんじゃないのか」

「お父さんじゃありません」

神辺さんが、しずかになる。

「ムラよ、警察の捜査に協力してやってくれないか」

神辺さんがジブンにおねがいしてきた。

「あの仏さんが親父さんでもそうでなくても、家族のとこに帰してやらなきゃかわいそうだろ」

骨になった人も、昔は生きてた。家族もいたのかな。家族に会えないのは、さびしい。わかる。お母さんも、お父さんがおそくなってても帰ってこないと、泣いてた。

「はい、そうですね」

警官に協力する。けど何か、何だろ。嫌だ。嫌だ。この嫌な感じが、どこからきてるのかはわからない。警官が嫌だからかな。きっと、そうだな。


ザアザアザア……耳の中がうるさい。座って、横になっても、ザアザア。ハンドルが止まるまで回したシャワーみたいに、雨のいきおいがすごい。雨の中に山がある。誰かがおいてったもの。それは、寮に入る前とおんなじ。

センターの近くのここは、庇が長いから雨があたらない。けどコンクリの上にダンボールをしいてるだけじゃかたくって、背中が痛い。手も痛い。片方の手首のとこが、痛い。さわったら熱いし、反対とちがって大きくなってる。はれてる。寝てても、起きててもズキズキする。夜に、カートとか、たくさんつんだ山がくずれて、自転車が、タイヤのないのがジブンが寝てるとこに落ちてきて、手首にあたった。血は出なかったけど、朝になったらはれた。痛い、痛い、痛い。

くずれた時に、誰かいた。人の声がして、笑ってた。山に登って、あそんでたのかな。山になってるやつを道のあっちこっちに放ってるお兄ちゃんがいて、つかまったことがあったな。あれ、いつだったかな。

お腹がぐうっとなる。あんまりぐうぐうなるから、お腹に力を入れてぐってしても、なる。お腹が空いた。何か食べたい。庇の下にダンボールの家を作ってるおじちゃんが「今日はどこも炊き出しやってへんからな。お前、腹減ってんのか」って、パンをくれた。とても親切だ。パンはみどりのカビがついてて、おじちゃんは「カビはな、そこだけ摘まんで取ったらええんや」って教えてくれた。パンはおいしかったのに、ちょっとしたらお腹が痛くなって下した。食べる前よりお腹がへった。

お金がないから、ご飯が買えない。ずっと雨がふるから、センターに手配師の車が来ない。ああ、嫌なことが頭ん中に出てくる。忘れていいのに、出てくる。

警官にいっぱい話をされた。昨日は「鉄板の下の骨は、あなたの父親でしょ」って警官に怒られた。「ちがいます」って言っても「検査でそう出たんだから」って。「ちがう」って言うたんびに何回も何回も同じことを言われた。

お父さんと仲が悪かったんじゃないか、お父さんが誰かとケンカしてなかったか、おっきい声で警官は聞く。それが怖い。頭の中がぱんぱんしてきて、しゃべってるのはわかっても、何を言ってるかわけがわかんなくなって、トイレにいくってうそついて警さつ署を出た。そしたら気持ちがスッて楽になった。よかった。

警官が追いかけてこないかなって急いで歩いていたら、ジブンがどこにいるのかわからなくなった。夕方になって、土管工事やってるとこがあったからゆうどうしてるおっちゃんに道を聞いたら、教えてくれた。帰るお金もないって言ったら「途中まででいいならいっしょに乗っていくか?」って、そこのハコバンに乗って、前にいた、センターに歩いていけるおっきい庇のとこまで連れてきてくれた。すごく助かった。

前の日も雨で、今も雨がふってる。寒い。お腹が空いた。明日までがまんしたら、たき出しがあるっておじちゃんは言ってた。あの骨は、お父さんじゃない。検査で出たって言われてもちがう。お父さんはお母さんがむかえにきて、ジブンの星にいる。待ってたら、ジブンをむかえに来る。それ、今すぐ来ないかなぁ。雨、雨ふってたらダメかなぁ。

手が、痛い。仕事してる時のけがは、会社の人が病院に連れていってくれる。これは仕事してる時のけがじゃないから、どうすればいいかな。病院とか、嫌だな。手続きとかめんどうそうだし。早く痛いのがなくならないかな。

お腹が空いた。今日はたき出しがない。お金がない。ご飯が買えない。お腹が空いた……あぁ、えいが館。えいが館にいこうかな。あそこはお金をくれる。けど嫌だな。あそこは嫌だ。ずっと痛いから、嫌だな。……お腹が空いたな。

ガサ、ガサと引きずる音。誰か、近くにきたな。

「おい、兄ちゃんよ」

上に、見える。顔が見える。いっぱいのしわと、白髪のまじった髪。ダンボールの家のおじちゃんだ。パンをくれた親切な人だ。

「公園で配給、やってんで。いってきたらええわ。ずっと食ってないんやろ」

配給って聞いて、ジブンの中にあったもやもやがなくなった。

「はい、食べたいです」

ゆっくり立つ。体がぴしぴしする。ザバザバッて音が、耳におっきくなる。あぁ、雨だ。かさ……かさ……はどこにおいたっけ。あったのに、どこにおいただろ。ないなぁ。あれ、もとからなかったかなぁ。あったと思うんだけどなぁ。なかったらしかたないなぁ。

庇の外にいったら、ババババって髪がぬれる。頭が冷たい。肩が冷たい。そしたら「おおい」とおじちゃんの声がした。

「傘、傘持ってきや」

おじちゃんが、ピンク色のかさを出してきた。ひらいたら、骨が曲がって、変な形だった。白いウサギの絵がある。これ、かわいいなぁ。

「ありがとうございます」

歩いたら、ぼちゃぼちゃ音がする。靴がぬれてきて足が冷たくなる。ズボンの下のとこもぬれて、色がこく、黒くなって、さわると足がひやっひやっする。雨がななめになって、かさをさしてても顔がぬれる。かさを体の近くに持ってきて、肩をちっちゃくして歩く。

どんっと何かぶつかってきた。かさが飛んで、横にどたって転ぶ。足首がグギッてなる。

「うあああっっ」

足を押さえた。「前見て歩け、ボケが」って怒鳴って、黒いかげが、みどりのかさをさした大きなかげがいなくなる。ざあああっと雨がかかって、ぬれたくないのに、ぬれる。痛い手を、下につかないようにして座る。立ったら、足がもっと痛くなった。歩くたんびにズキン、ズキンって、痛みが下から上につき上げてくる。

ピンク色のかさは、もっと変な形になった。歩いたら、足が痛い。ズキン、ズキン痛い。手も痛い。ズキンズキンする。もう嫌だ。シャッターのおりた店の前にしゃがみこむ。お腹が空いた。足が痛い。手が痛い。お腹が空いた。歩きたくない。

店は庇が出ていて、ぬれない。たまに吹き込んできて、ちょっとだけぬれる。壁に背中をくっつけて、痛い足を見る。歩いた時みたいじゃないけど、ズキン、ズキンする。手首もズキン、ズキン。

ザアアアッ、ザアアアッ、いきおいがすごい。雨は、よくない。仕事ができない。みんなよくない。雨は、ずっとふらなかったらいいのに。あぁ、痛いな。痛い。痛いなぁ。

かさが、いろんな色のかさが、雨の中をあっちからこっち。こっちからあっち。雨があがったら、けんけんして屋根のあるとこに帰ろう。いつましになるかな。手、手ぇも足も痛い。あぁ、働かないといけないのに。またどっかの寮に入りたいなぁ。多仁の寮はよかったけど、警官が来るから嫌だ。悪いことしてないのに、怒られるのは嫌だ。どこか寮に入れてくれないかな。借金になっても、なおったらちゃんと働く。借金になっても、痛いのがなくなったら働いて、ちゃんと返すのにな。

薄暗かったのが、もっと、じわぁっと暗くなってく。あっちからこっちのかさが一つ、止まる。いく。また止まる。そうしてぐるっとこっちに戻ってきた。黒いかさが、ジブンの前に来る。

「……こんにちは」

頭が坊主のお兄ちゃんだ。どっかの会社で、いっしょに働いてたかな。それとも現場で会った人かな。ジブンはみんなみたいに、よく覚えてないからな。

「何してるんですか？」

あれ、ジブンは何してたんだっけな。お腹が空いて、配給が……足が、ズキンって痛む。痛い。痛い。

「足、痛いです」

「右と左、どっちですか？」

「こっち」

痛い足をうかして見せて、下ろしたらかかとがコンってなってビリッとする痛みがきた。「あう」って声が出る。

「病院、いかないんですか」

「病院はいけません。寮にいません」

「寮？」

坊主のお兄ちゃんが首をかたむける。

「とりあえず寮に帰ったらどうですか。タクシー呼びますよ」

「ジブン、お金がありません」

「……そういやこっからだとけっこう遠いか。海のほうだっけ」

坊主のお兄ちゃんがまた首をかたむける。よく首をかたむけるなって思ってたら、ジブンの体がぶるっとした。寒い。寒くなってきた。ガタガタする。口の中も歯がガチガチする。すごく嫌な、嫌な感じ。

「俺も金、ないしな。とりあえずうちにきます？　すぐそこなんで」

うちは、家。家は、寒くない。寒くないならいいな。すごく寒い。

「はい」

「じゃ、こっちなんで」

坊主のお兄ちゃんが、公えんのほうを指さす。あっちか。歩きたくないけど、しかたないな。痛くないほうの手をついて、痛くないほうの足で立ち上がる。そうして痛いほうの足をつけたら、しびれるみたいにビリビリってなった。歩かないといけない。けど痛い。何回も痛いほうの足をつけて、痛くて上げる。痛くないほうの足ならけんけんで歩けるかなと反対の足で飛んでみる。

ハハッと笑う。笑う声。坊主のお兄ちゃんが笑ってる。

「何してんですか？」

「足が、痛いです」

「……あぁ、そうだ。笑ってすみませんでした」

坊主のお兄ちゃんがあやまる。

「どうしてあやまりますか？」

「どうしてって、俺が悪いと思ったんで。肩、貸します」

坊主のお兄ちゃんが、痛いほうの足のとなりにきて、服の背中をつかんだ。体がわっとうく。

「じゃ、歩くんで」

坊主のお兄ちゃんが、前に動く。あぁ、歩かないといけないって足を出したら、坊主のお兄ちゃんの体がガクガクして、二人で引っぱり合うみたいになった。ガクガクしながら歩いてるうちに、坊主のお兄ちゃんが止まった。

「あの、俺と同じタイミングで歩けます？」

ジブンはいっしょに歩いてる。もうちょっと急いだほうがいいのかなって、はやく足を出したら痛いほうの足で、ビリッとした痛みがきた。腰がはねる。

「痛っ、痛っ」

「痛いほうの足、ついちゃダメですよ」

坊主のお兄ちゃんが前に動いて、今度はガクガクならずに歩けたけど、次はまた痛いほうの足が出て「痛っ」となる。

「スキップとかできないタイプの人ですか？　何か壊滅的に不器用ですね」

スキップ、で頭ん中に出てくる。ダンスがおどれなくて、一人だけ教室に残されて、先生がつきっきりで教えてくれた。先生は優しかった。けど練習は嫌だった。何回やってもできなくて、すごく嫌だった。

ガクガクしたり、痛かったりして歩いてたら「時間かかるんで、背負います」って言われた。

ジブンは歩けないぐらい具合は悪くないけど、まぁいっかと坊主のお兄ちゃんの背中に乗った。

「うわっ、おじさん軽っ」

力のあるおっちゃんみたいにがっしりしてないのに、坊主のお兄ちゃんは力があるな。

「傘、さしてもらえますか？」

言われたから、痛くないほうの手で黒いかさをさす。お兄ちゃんがのし、のし歩く。背中に乗るの、ちょっと怖いかなぁってキンチョーしたけど、すぐなれた。あぁ、これいいなぁ。足も手も痛くないし、楽ちんだ。

「あの、俺に雨がかからない感じに傘、さしてもらえませんか」

あぁ、坊主のお兄ちゃん、ぬれちゃってる。かわいそうだなってかさをつき出した。

「それだと、前が全然見えないです」

どうすればいいかわかんなくてかさをふり回してたら「やっぱもういいです」って、坊主のお兄ちゃんは何にも言わなくなった。

坊主のお兄ちゃんは、公えんの横から奥に入って、自販機の向こうにある四角い建物ん中に入った。そうして階段を一歩、一歩上ってく。おどり場のとこで止まって「あの、もう傘を閉じてください」って言われる。片方の手が痛いから、痛くない手だけでとじようとしたら、すべって下にバサッて落ちた。拾おうと手をのばしたら、坊主のお兄ちゃんが「うわっ」て叫んで、ジブンがぐらぐらゆれた。「あの、急に動かないでください。変な体勢になられると危ないんで」って怖い声で言われて、むねが針でさされたみたいにビクッてなった。

坊主のお兄ちゃんは落ちたかさを足ですみっこによせた。

「あとで取りに来るか……」

ちっちゃな声でそう言って、また階段を上る。何階かの階で上るのをやめてろうかに出た。ドアの前で止まって、ガチャガチャってカギを回してドアをあける。

ここは、人の家だ。人の家に、入ったことはあんまりない。知らない人の匂いがする。何だか怖いなと思いながら、あっちこっち見る。

四角い部屋だ。玄関は半畳ぐらいで、部屋は十畳ぐらい。手前に台所、奥にベッドが見える。その向こうには壁のかわりみたいに、赤茶色のカーテンがかかってる。

坊主のお兄ちゃんは、ジブンを背負ったまんま家の中に入った。

「あの、きてもらって早々に申し訳ないんですけど、もし嫌とかじゃなかったら、風呂に入ってもらっていいですか？　着替えは貸すんで」

石けん、持ってないですって話したら、中にあるもの好きに使っていいんで、ってことだった。

「まぁ、ボディソープ一つしかないですけど。俺、それで全部洗うんで」

坊主のお兄ちゃんは「時間かかってもいいんで、しっかり洗ってくれると助かります」って言った。浴そうは、青い色で小さくて、お父さんとお母さんと住んでたアパートの浴そうとおんなじ感じだ。

液体の石けんは、泡がたくさん出て楽しい。これ、いいな。かたい石けんだとなかなか泡は出ない。けど髪につけたらすぐに消える。洗いながら、ふは、ふはと笑う。面白いなぁって何回も出してあそんでたら、痛いのを忘れて足をついて「ぎゃあ」と叫んで、風呂の外から「どうしたんですか」って聞かれた。一人の風呂はいい。次の人が待ってるから、早くしないとって急がなくていいから、いい。

体がぽかぽかして、もういっかってなったから、風呂を出た。ジブンの着てた服がない。ないものはしょうがないから、ひざではって脱衣所を出る。そしたら坊主のお兄ちゃんがこっちにきた。

「タオル置いてましたよね。どうして体拭いてないんですか？」

「タオル？」

坊主のお兄ちゃんが脱衣所のドアをあけて「着替えといっしょに、見えるとこに置いてたんですけど」って、タオルを貸してくれた。

「ありがとうございます」

ろうかで体をふいて、坊主のお兄ちゃんが「着てください」って言う服を着る。服から知らない人の匂いがする。何かそわそわする。

風呂はあったかくて、気持ちよかった。お腹は空いてるけど、気持ちいい。すごく眠たくなってきた。

「今晩はうちに泊まってください。雨も酷いしもう暗いんで」

家で寝かせてくれる人は、たまにいる。台風の時とか。やっぱり親切な人だ。親切な人は、たまにいる。いい人はいい。

「ありがとうございます」

お礼を言って、部屋のすみっこで丸くなった。

「あの、いいですか?」

坊主のお兄ちゃんが、ジブンを見てる。

「髪、乾かしたほうがいいと思うんですけど」

「はい」

「だから、乾かしたほうがいいなって」

「眠たいです」

目をとじる。そしたら少ししてブワアアアッと頭があったかくなった。何だろって目をあける。ドライヤーのあったかい風が髪にあたってる。

「すみません、濡れた髪が個人的に我慢できなくて」

「へぇ」

ぬれたままの髪は気にならない。でも乾いてくると、ぬれてたんだなってわかる。

「寝たままでいいんで、反対に向いてもらえます?」

ごろりと逆に転がったら、そっちにブワアアアッと風があたって、あったかい。髪が軽い感じになってく。あぁ、寝てても髪が乾くのはいい。ジブンは何もしなくていい。指があたるのが、お母さんになでられてるみたいでいい。いいな。

あったかい風のブワアアアッが消えた。坊主のお兄ちゃんがドライヤーにコードをぐるぐるって上手に巻きつける。そのうでに、丸と三角と……三日月が見えた。……雨と、海と、宇宙の絵。

「宇宙の絵のお兄ちゃんですか？」

坊主のお兄ちゃんがジブンを見て「あぁ、はい」と口が動く。それから「ええっ」ておっきい声を出して、こっちはびっくりして体がびくびくした。

「もしかして今気づいたんですか」

ちょっと早口で、怒ってるみたいな感じの声がする。

「はい」

「まぁ、いいですけど……」

何度も見てれば覚えるけど、あまり会わない人の顔は覚えられない。いつもそうだ。お腹がグルグルとなった。あぁ、起きてるとお腹が空いてるって気になるな。

「腹、減ってるんですか？」

「はい」

「何か食べます？　カップラーメンぐらいしかないけど」

「お金がありません」

「金とか別にいいですよ。カップラーメンだし」

ただでくれるんだろうか。たき出しの人と同じで親切だ。優しくて、いい人だ。

「ありがとうございます」

宇宙のお兄ちゃんは、カップラーメンを作ってくれた。お腹が空いてたし、とてもおいしくて汁も全部飲んだ。空になったカップの中をなめてたら「これも食べますか？」ってパンをくれて、すごくうれしかった。

お腹がいっぱいになったら、また眠たくなる。手と足がズキン、ズキンって痛んでも、外にいた時みたいな嫌な感じはない。ここはぬれなくてあったかい。

横になってたら「これ使ってください」ってねぶくろを渡してくれた。センターの近くで寝てると、たまにねぶくろを持ってる人がいる。ジブンも持ってたけどなくしたんだよなぁ。ねぶくろで寝れるのはいい。とてもいい。ぬくぬくしたとこに入ったら、もう目がとじる。

「俺まだ今日ちょっとやることあるんで、向こうで……」

宇宙のお兄ちゃんがしゃべってる。何だろなって思ってるうちに、眠くて眠くて、目の前が暗くなって何にも見えなくなった。


目をちょっとだけあける。薄暗い。灰がまざったみたいな青。ちゃんとした朝になる前かな。ザアザアザア……雨の音がおっきい。あれ、急にドッドッドッて怖くなった。これ、庇の下まで吹き込んでくるやつだ。嫌な音だな。

ねぶくろ、あったかい。いいな、いいな。こういうの欲しいなぁ。これ、高いかなぁ。あ、おしっこしたい。……めんどくさいな。動きたくない。足、痛いな。動かしたらピリッてする。寝ても痛いの、なくなんないな。ペットボトルないかな。空のやつ。あれがあったら、動かないでできるのになぁ。

がまんしてたけど、もらしそうだからひざではってトイレにいく。ひざだったら、足はあんまり痛くない。部屋にトイレがあるっていいな。ドヤも会社の寮も、部屋の中にトイレはないしな。あ、一回だけあった。会社の寮で、トイレがある部屋。レバーを押しても水が流れなくって、事務の人に言いにいったら「使うな」って怒られた。あれ、べんしょうしろって言われなかったけど、きっとジブンがこわしたんだよな。悪いことしたなぁ。

片足で立ったらふらふらする。しょうがないから、嫌だけど座る。あれ、お尻がベタベタしない。おしっことうんこ、便器についてないのかな。よかった。トイレを出たら、ベッドの横んとこに何かいた。たてに長いかげ。お化けみたいなかげがぬらっとゆれる。怖いな。

「おはようございます」

かげから、声がする。

「おはよう、ございます」

あいさつはだいじだから、する。ちゃんとする。パチッとちっさい音でまわりがパッと明るくなって、目がにじむみたいにジンってした。かげは坊主のお兄ちゃんだ。口を大きくあけて「ふわぁ」ってあくびをしてる。坊主のお兄ちゃんはペタン、ペタンって半畳ぐらいの台所に歩いてって、しゃがみこんだ。ちっさいれいぞう庫のドアをあけて、じっとしてる。首だけねじって「朝飯は」ってこっちを向く。

「パンでいいですか?」

「はい」

坊主のお兄ちゃんは、食パンをれいぞう庫の上のトースターにガチャンて入れた。フンフンって何か歌ってる。楽しそうだな。ベッドの頭んとこにあったテーブルを、坊主のお兄ちゃんは部屋の真ん中に引きずってくる。

　パンのやけるいい匂いがしてきたら、チンって音がした。おっきな皿に黄色にやけた食パンが二つ。あつあつのゆげが出てる。坊主のお兄ちゃんが「これしかないですけど」って言う。食べていいのかな？　けどなぁ。

「ジブン、お金がありません」

「金はいいですよ。食パンだし」

　このパン、くれるのかな。すごく親切なお兄ちゃんだ。食パンは熱くて、かんだらサクッて音がする。サクサクは、口の中で何回も何回もかんでたらじわってあまくなる。おいしいなぁ。やいたばっかりのパンは、おいしいな。

　坊主のお兄ちゃんがテーブルにコップを二つおいた。白い、牛乳みたいなのが入ってる。「どうぞ」って言ってるし、ちょうどのどんとこがカサカサしてたから、白いのをごくごく飲んだ。やっぱり牛乳だ。好きだからうれしいな。寮の食堂は牛乳、あんまり出ないからな。あぁ、もうない、全部飲んじゃった。

　坊主のお兄ちゃんがれいぞう庫にいって、パックの牛乳をとってくる。「飲みたかったら、勝手に飲んでください」ってテーブルにおく。これ、セルフだ。好きなだけ飲んでいいやつだから、いっぱいコップに入れた。

「食パン、もう一枚食べますか？」

　食べていいのかな？　もっと食べたい。

「はい」

坊主のお兄ちゃんは、トースターのとこにいく。二つ目のパンを食べてたら、坊主のお兄ちゃんが戻ってきて「あれっ」と声をあげた。

「先に焼いたぶん、全部食っちゃったんですか。人を待たないスタンスってことですね。まぁいいけど」

坊主のお兄ちゃんが、向かいで牛乳を飲む。ザアザア、ザアザア……雨がずっとふってる。お父さんと朝ご飯を食べたなって、何か急に頭ん中に出てくる。

坊主のお兄ちゃんが、ジブンを見てるかな。口が動く。

「痛めてるほうの足、どうですか？」

「痛いです」

なおってないかなってたまに動かすけど、やっぱり痛い。坊主のお兄ちゃんはスマホで何か見てる。しばらくうつむいてから、顔を上げた。

「帰るのに楽なのはタクシーか。いくらかかるんだろ。金、ないんでしたっけ？」

寮に戻ったら、警官が来るかな。あの骨はお父さんって言って怒るかな。あれはお父さんじゃないのになぁ。警官は大きな声を出すから嫌だ。嫌だな。怒られたくないな。多仁建設はいいけど、警官が来るからやめて別のとこで働こうかな。でも足がコレだと働けないなぁ。働けないと、どこもやとってくれない。やくたたずはダメだ。こまった。

「寮、帰りません」

「帰らないって、じゃあどうするんですか？」

チーンって音がする。坊主のお兄ちゃんは、トースターからパンを出す。手に持って「あちっ、あち」って言いながら、はしっこにガッてかみつく。お腹の空いた犬みたいだ。

「嫌なので、帰りません」

坊主のお兄ちゃんは「ふうん」って、パンを食いちぎる。

「別のとこで、働きます」

センターにいったら手配師の車がある。雨だし、時間もおそいから今日はダメだな。

「足が痛いんですよね。ろくに立てないみたいだけど、働けるんですか？」

足の骨を折った時は、痛くって長いこと歩けなかった。なおるまで寮の部屋にいて、ずっとテレビを見てた。部屋代と三食のご飯代で借金がいっぱいになったけど、よかった。どうすればいいんだろ。寮に帰りたくない。警官がきて、嫌なことを言ってくる。嫌だな、嫌だな……あぁ、頭ん中がギチギチしてきた。色々いっぱい言われて、わけがわかんなくなって、つまってくあの感じ……。

「しばらくうちにいますか？」

そう聞こえた。

「寝袋でよかったら、そのまま使っていいし」

ここにいる？　ここは寮じゃない、坊主のお兄ちゃんの家だ。外じゃなかったら、寮とかドヤとか、寝るところにはお金がかかる。

「お金を払います。食費と寮費」

「えっと、金ないんですよね？」

「痛いのがなくなったら、働いて払います」

「……それはまぁ、どうでもいいけど」

ホッとする。どうでもいいは、わからないままでもだいじょうぶってことだ。ジブンは考えなくていい。このお兄ちゃんは、やっぱりいい人だ。

「とても親切です」

「親切っていうか、あそこで会ったのも何かの縁だし」

坊主のお兄ちゃんは、牛乳をドボッとコップにそそいだ。波みたいにうねった牛乳が、ピッて飛び出す。テーブルの上で白い丸になる。

「俺は料理とかしないんで、飯もカップラーメンかコンビニ弁当ですけど」

カップラーメンとコンビニ弁当はいい。寮のご飯よりおいしい。

「あっちにあるカーテンの向こうは、アトリエになります」

坊主のお兄ちゃんは、赤茶色のカーテンを指さす。アトリエって聞いたことあるな。何だっけ？

「アトリエでの作業中は音楽を聴いてることが多いから、呼ばれても聞こえなくて、返事をしないかもしれないけど、気にしないでください。こっちのテレビは好きに見てていいです。爆音でもない限り、気にならないんで」

カーテンの向こうには、入っちゃいけないのかな？　何か返事をしとかないといけない気がして「はい」って言っておく。「あ」と坊主のお兄ちゃんの顔がこっちを向いた。

「足のやつ、病院いきます？」

「わかりません」

坊主のお兄ちゃんが「はっ？」って目をパチパチさせた。けがをしたら、お父さんか会社の人が病院に連れてってくれた。お父さんも会社の人もいないから、どうやって病院へいったらいいのかわからない。足は、歩いたら痛い。歩かなかったら痛くない。いつかなおるんじゃないかな。病院にいかなくってていいんじゃないかな。

「病院、いきません」

坊主のお兄ちゃんはちょっとだまった。そして「まぁ、自分で決めることだと思うんで」と立ち上がる。

「俺はこれから作業するんで、おじさんは好きにしててください。あ、ゲームかネットやりますか？」

「しません」

ふうん、と坊主のお兄ちゃんはうなずく。

「じゃ」

坊主のお兄ちゃんは、赤茶色のカーテンの向こうに入っていった。一人だ。一人になった。ジブンはここに、いてもいい。働けるようになったら、泊まるとこと、ご飯のお金を、借金を返す。ちゃんとする。それが人の道だ。正直なのが一番だって、お父さんはいつも言ってた。

坊主のお兄ちゃんの飲んでたコップは、空になってそのままテーブルの上にある。牛乳が落ちた丸を指でなでたら、白いすじでつうっとなる。薄めすぎたペンキみたいだな。

何にもすることがない。テレビをつけたらうるさいかな。仕切りはカーテンだし、ジブンのイヤホン、ないしなぁ。ねぶくろの上にごろんって横になる。眠たくないけど、目をとじてみる。楽しいこと考えよう。むかえは、夜だな。早くジブンの星にいきたいなぁ。そしたらこの足も、すぐによくなるんじゃないかな。よくなりそうだな。それで……。

「……おじさん、おじさん」

ぐらぐら体がゆれて、起きた。ジブンを見てるのは、誰だろう？　坊主だな。ジブンよりも若い……あぁ、坊主のお兄ちゃんだ。

「昼メシ、買ってきました。食べますか？」

テーブルに、弁当とお茶のコップがある。ひざで歩いて近づいて、上から見たら唐あげがあった。うれしいな。やったぁ。

坊主のお兄ちゃんと、向かい合わせになって弁当を食べる。

「寝てる時に起こされるの、嫌だったりします？」

しゃべってたり食べてたり、坊主のお兄ちゃんの口はずっと動いてる。

「嫌だったら言ってください。買ってきて置いとくんで、勝手に食ってください」

起こされるのは、嫌じゃない。お父さんはいつも朝、起こしてくれた。そういや昼ご飯って言われたから食べてるけど、お腹はあんまり空いてないな。いつもお昼はお腹が空くのに、寝てて何にもしてなかったからかな。坊主のお兄ちゃんの弁当は、どんどん中身がなくなってく。食べるのが早い。寮でも食べるのが早い人がいて、それぐらい早い。

坊主のお兄ちゃんからぽろって何か落ちた。ふわってこっちに飛んでくる。黒くて細くって、ちょっとだけ丸まってる。ちょうちょの口みたいだなってテーブルのそれをつまんだら、ぼろってくずれて粉みたいになった。「それ、捨ててください」って坊主のお兄ちゃんの声がした。

「木の削りかすなんで」

こんなに小さい木くず、どうしたらできるのかなって指でさわってたら、下にあったお茶に落ちて白っぽいほこりみたいなのがういた。指をつっこんだけど取れないし、まぁ木のかすならいっかってそのまま飲んだ。

弁当がなくなった。全部食べた。ふたをして「おいしかったです。ありがとうございます」って親切な人にお礼をして頭を下げた。

「そうだ、外いったついでに湿布的なものを買ってきたんでどうぞ」

坊主のお兄ちゃんが、テーブルの上に箱をおく。湿布は痛いところにはる。骨がなおったって言われてもしばらく足が痛くて、お医者さんが湿布をくれた。それをはるとツンって匂いが鼻にきた。同じツンてした匂いのおっちゃんが寮にいて、これの匂いかぁってなった。はってるあいだは匂いがぷんぷんするハエみたいにまとわりついて嫌だった。

「病院いかないってことだけど、個人的に気になるんで」

あぁ、ジプンは足が痛い。これをはったらよくなるかもしれない。

「どうやって、使いますか？」

「痛いとこにそのまま貼ればいいんじゃないですか？」

坊主のお兄ちゃんは箱をあけて、中から薄いはんぺんみたいな白いぴらぴらを出した。前に見たのとちょっとちがう感じがするけど、ツンとしたあの匂いは同じだな。

「貼るんで、足を出してください」

そう言われたから、テーブルの下から両方の足を出した。

「えっと、痛いのって片方ですよね。どっちでしたっけ……って、あぁ、こっちの腫れてるほうか」

坊主のお兄ちゃんは足に湿布をぺたっとおいた。それが氷みたいに冷たくて「ひえっひえっ」と叫んで足を動かした。痛い。

「ははっ」

坊主のお兄ちゃんは声を出して笑って、すぐに「あ、すみません」ってあやまった。

「これでましになるといいですね。俺、またあっちに戻るんで」

空の弁当を片付けて「好きにどうぞ」っておっきいペットボトルのお茶をおいたまま、坊主のお兄ちゃんは赤茶色のカーテンの向こうに入った。

ザアザアザア……雨の音がおっきくなった。することないなぁ。……足が、湿布した足が、ずっとヒヤヒヤしてる。嫌だな、ぬれた重たい服みたいで気持ち悪い。これ、してないとダメかな。外したら坊主のお兄ちゃんに怒られるかな。怒られるのは嫌だなぁ。

カーテンの向こうにいる時は、話したらダメなのかな。けど嫌だなぁ、足の。嫌な気持ちがモゾモゾしてきて、がまんできなくなる。四つんばいで、赤茶色のカーテンの前にいく。見つからないよう、ちょっとだけめくってみた。

目がパアッてする。そこは六畳ぐらいで、ジブンがいるとこよりも明るい。電気、いっぱいついてるな。壁にくっついたおっきな机の前で、坊主のお兄ちゃんはイスに座ってる。背中がまん丸だ。たまにうでんとこが動いて、ショリってちっさい音がする。

「あのぅ」

返事はない。もうちょっとおっきい声で「あのぅ」って言ってもない。こんなにおっきな声でも聞こえてないのかな。知らんぷりされてるのかな。

カーテンから入ったとこの横の壁に、四つんばいのジブンと同じぐらいの低い棚がある。棚の上には、がくぶちに入った絵がたくさん立ててあった。一番手前に、宇宙の絵がある。頭の中がぱあぁってうれしくなる。これ、もっかい見たかったやつだ。やった。そろそろっと中に入る。頭の中でたまに出てきた絵よりも、本物の絵はいい。いいな。

黒い宇宙に、白。たくさんのたくさんの白い星がつまってる。どれがジブンの星かな。絵に顔を近づけたら、黒い中にジブンが入っていきそうになる。これって宇宙の入口じゃないかな。向こうにいけないかな。宇宙のジブンの星で、お母さんとお父さんは何をしてるかな。いっしょに弁当食べてるかな。

「うわっ」

急に聞こえたおっきな声に、むねんとこが飛び出すみたいにドクッドクッてした。すごい失敗して怒られた時みたいで、怖い。坊主のお兄ちゃんはイスに座ったままこっちを向いて「はぁっ」ってむねのとこを押さえた。

「びっくりした。いると思わなかったんで」

坊主のお兄ちゃんは、白いイヤホンみたいなのを外して「何か用ですか？」って聞いてきた。あれっ、何だったかな。どうしてこっちにきたんだっけ？　横を見たら、絵があった。さっき見てた宇宙の絵だ。

「この絵、いいです」

坊主のお兄ちゃんは「ハハッ」て笑った。

「おじさん、それが好きだね」

「はい」

「版木、見る？」

「ハンギ？」

「うん」

坊主のお兄ちゃんは、机の後ろにあるおっきい棚からダンボール箱を下ろした。そっから何か取り出して「これ」って見せてきた。輪切りにした木だ。

木の片面はこげたみたいに真っ黒で、そこに絵があった。宇宙の絵と似てる。同じかな？　絵のほうは吸い込まれそうなのに、こっちはちがう。あの絵と同じに見えるのに、ちがう。どこがちがうんだろ。木のやつは、宇宙がふわってして、ギチギチして、もっともっと黒、黒くて……深い。そう、深くって息が苦しい感じになってくる。

木の中にある宇宙。そこにさわったら、指の先がザリッとして、あわてて手を引いた。ここには、ある。この奥に、何かある。ぜったいに、ある。ジブンが怖くって手を引いたとこを、坊主のお兄ちゃんは指ですっとなぞった。

「こういう版木にインクをつけて、刷るんです」

宇宙の、もっともっと深いところにいきたくて顔を近づける。あぁ、この中に入れそうだ。ジブンが米つぶみたいにちっさくなって、そうして……おでこにコツンとあたった。コツン、コツン。

ククッて笑い声。いけそうだった深いとこが、すうっとなくなった。坊主のお兄ちゃんが、ジブンを見てる。

「何してるんですか?」

ジブンはおかしくないのに、坊主のお兄ちゃんの声は楽しそうだ。

「これは宇宙です」

「そう思うんなら、それでいいですよ」

「宇宙、入れそうです」

坊主のお兄ちゃんは「ふうん」って言う。

「それは俺の宇宙だからさ。頭でコンコンしてもおじさんの入る扉は開かないよ」

あぁ、わかった。今、わかった。この宇宙は、坊主のお兄ちゃんの星があるとこだ。だからジブンの帰る星はないいんだ。同じじゃないいんだ。

「そうですか」

顔を、木からはなす。じゃあ坊主のお兄ちゃんも、いつかこの星に帰るのかな。人に言ったら帰れなくなるからだまってるだけで、そういう人はたくさんいるんだな。

「むかえを、待っていますか?」

聞いてから、ものすごく怖くなった。人に話したらいけないって、お母さんに言われてたのに。あぁ、けど「ジブンの星に帰る」って言ってないから、いいかな? それだったらセーフかな。

「迎えって、死ぬってことですか?」

坊主のお兄ちゃんが首をかたむける。むかえは、死じゃない。そこは死じゃない。

「いいえ」

「違うの？　意味がよくわかんないけど」

坊主のお兄ちゃんは、お兄ちゃんの宇宙をダンボールに入れて棚にしまった。見えなくなったけど、宇宙はある。がくぶちに入った、絵の宇宙。けど木の宇宙がギチギチしてたから、そしたら絵の宇宙がのっぺりして見えた。ジブンは、うん。木の宇宙のほうがいいかな。


朝はパン、昼はお湯をわかしてカップラーメン、夜は弁当を食べる。坊主のお兄ちゃんは、朝に出ていって、夜に弁当を買って帰ってくる。

赤茶色のカーテンの向こう、お兄ちゃんが帰る宇宙の絵を見てたらそこで寝てて、坊主のお兄ちゃんに「晩メシですよ」って起こされた。

今日の弁当には赤と黄色の「割引」ってシールがある。これ、好きだ。ちっさい時、お父さんにわりびきのシールをはがしてもらって、テレビの横にはってた。楽しかったなぁ。夜に弁当を買ってきてくれるから、坊主のお兄ちゃんはお父さんと同じだな。

「お父さんみたいです」

坊主のお兄ちゃんが「俺が？」って聞いてくる。

「はい」

「おじさんのお父さんに俺、顔でも似てるんですか？」

顔は……よくわからないけど、お父さんに似てないんじゃないかな。

「いいえ」

「じゃ雰囲気?」

坊主のお兄ちゃんだけじゃなくて、いろんな人がふんいきってよく言う。ジブンはふんいきがよくわからない。物の名前じゃないのに、みんなよく使う。わからない時は「はい」って言っておく。わからない言葉のいみを聞いたら、怒る人がいて怖い。前も言っただろって。それは嫌だから、気をつけてる。

「はい。夜に、弁当を買ってきてくれます」

「あぁ、そゆこと」って坊主のお兄ちゃんはハンバーグを食べる。ジブンの弁当の中にあったハンバーグは一番先に食べた。おいしかった。

「おじさんのお父さんって、どんな人ですか?」

坊主のお兄ちゃんが、こっちを見てる。ジブンのお父さん。お父さんは、どんな人だろう。

「お父さんは、優しいです」

坊主のお兄ちゃんは「へえ、いいですね」と玉子やきを口の中に入れる。

「俺は自分の父親、優しいと思ったことがないんで」

「そうですか。嫌ですね」

坊主のお兄ちゃんが「嫌?」ってくり返す。

「優しくない人は、嫌です。優しい人がいいです」

すごく怒られたわけでもないけど……と坊主のお兄ちゃんがちっさな声でもごもごしゃべる。

「子供に無関心で、それを隠そうともしないのがキツかったな。もうずいぶん会ってないし、俺の中では死んだみたいなもんですけど」

死。死だけはっきり聞こえた。現場で死んだおっちゃんの顔がふわっと頭に出てくる。叫び声と、ズダンっておっきな音。ガツガツバリバリうるさかったのがなくなって、機械のエンジン音もシュオーンってちっさくなって止まって、しずか。体ん中が、急に寒くなってゾワゾワするみたいな、変な感じ。みんなしゃべらなくて、しずかなのがちょっとあってから、またすごくさわがしくなった。「死んだ」「ダメだありゃ」っていう声。耳がワンワンする救急車の音。血だらけの、動いてないおっちゃんがタンカではこばれてく。見てたみんなが「死んだ」「死んだ」って言う。だからおっちゃんは死んだんだろう。人間は、高いところから落ちたら死ぬ。コップを落としてわるのと同じだ。コップはガチャンってわれたら、ダメだ。もう使えない。すてる。

いろんなこと、あんまり覚えてないのに、これははっきり頭に出てきたなぁ。嫌な感じのことは、覚えてなくてもいいのになぁ。

「死は、嫌です」

「まぁ、大半の人がそうですね」

坊主のお兄ちゃんが、空になった弁当をビニールのふくろに入れて下においた。

「おじさんは、俗世と一線を画してる感じがします」

ジブンのことを言ってるみたいだけど、むつかしそうな感じだな。生きてるから、生きる。お腹が空いたから、食べる。死にたくはない。死ぬのはきっと、痛い。血が出る。

「こだわりとかもなさそうだし」

こだわりは、ないほうがいいって言われた。そっちのほうが、仕事が早く進むって。だから、なくていい。

「俺が見てる世界と、おじさんが見ている世界は同じなのかなって考えたり」

見てるせかい？　せかいは、ジブンのまわりのことだ。目はみんなにあるし、同じだろう。

ジブンの前に、コップがある。大きなペットボトルから入れたお茶が入ってる。それをつかんで、坊主のお兄ちゃんのほうに近づけた。

「コップです」

「まぁ、そうですね」

「コップ、見えますか？」

「うん、まあ」

「ジブンも、コップが見えます」

「そういう具体的で単純なものじゃなくて、何て言うか……視野の広さ？　空気？　そうなると、余計に実体がなくて曖昧になるか」

坊主のお兄ちゃんは「うーん」とうなってうでを組んだ。

「結局、突き詰めていったら、目に見える、ふれられるものだけが現実で真実ってことになるのかな」

見えるものと、見えないもの……お化けが見える人とか、そういう感じのことかな？　何かどうでもいいかな。

「坊主のお兄ちゃんは、お父さんと同じで優しいです」

「……その『坊主のお兄ちゃん』って、俺のことですか？」

「はい」

坊主のお兄ちゃんは「あー、確かに坊主だけど、坊主のお兄ちゃんって呼ばれるのはなぁ」って、最後のほうが消えていくため息をした。

「カンさん？」

「知り合いにはカンとかカンさんって下の名前で呼ばれることが多いから、そっちがいいかな」

「そう。下の名前が甘い雨って書いてかんうって読むんで。初対面の人には、名刺を見せないと高確率で三国志の関羽だって思われる」

あまいあめ。あめ玉。おいしそうな名前で、いい。いいな。

「カンさん」

「はい」

坊主のお兄ちゃんは、カンさん。カンさん。前に、そんな風に呼ばれてるおっちゃんがいたな。

「おじさんの名前は？」

「ムラです」

「……ムラさんね。ムラさん、唐あげ好きですよね」

「はい」

「弁当の唐あげ、いつも真っ先に食ってるし。ある時は買ってくるけど、人気があるのかあまり残ってないんだよね」

空になった弁当をすてて、カンさんは「俺、向こうにいるんで。何か用があったら先に声をかけてくださ い」って赤茶色のカーテンの奥に入った。

一人だ。何にもないから、テレビをつける。カンさんは、イヤホンしなくてもいいって言った。テレビはうるさくないって。そういう人もいるんだなって思ってたら、ジブンもうるさくても平気だったなってわかった。

ねぶくろの上でごろんとしたら、痛いほうの足がジリッてする。しまった。痛いのを忘れて、動かした。痛いのはましになったかな？　けど立ったらやっぱり痛い。だから、何日もここにいる。お金はきっと……カンさんが計算してる。寮にいる事務の人みたいに。足が痛くなくなったら、働きに出る。お金をちゃんと返す。借金しても、ちゃんと返せばいい。お父さんはそう言ってた。

外は寝てるあいだに人のものをとったり、殴ってくる人がいるけど、ここはだいじょうぶ。家の中にいて、テレビを見て、ご飯を食べる。体もかゆくならないし、お風呂もお湯をためて入っていい。カンさんは優しい。お父さんと同じで優しいな。ここはいい。すごくいい。

タバコがあったら最高だな。タバコは、お金がないと買えない。働いてないジブンは、買えない。カンさん、タバコを吸わないかな。吸ってるの、見たことないな。現場でも吸わない人、飲まない人いるからな。

ジブンは、酒は、いっぺんだけ飲んだ。大人になったお祝いだって、お父さんがタバコとお酒、コップに入ったやつをくれた。お酒はシンナーみたいな臭いがして、気持ち悪くってゲエゲエ吐いた。お父さんが「俺も酒がダメで下戸なんだよ。遺伝かな」って言ってた。お父さんはいつもタバコを吸ってた。服から、タバコのいい匂いがしてた。

あぁ、ものすごくタバコが吸いたいな。タバコはない。買わないとない。お金はないな。カンさんにお金、借りようかな。お金を借りても、コンビニまで買いにいけるかな。歩けるかな。コンビニ、どこだろ。ここ、公えんから近かったな。歩いてたらわかるかな。

うつぶせてカンさんが寝てるベッドの下を見る。吸いかけが落ちてないかって、手ぇをのばしてさぐったら、カサッてしたものにさわった。黒っぽい何か。つまんで出してみる。手のひらにのるぐらい小さくて四角いビニールのふくろだ。薄いなあ、ガムかな？　口はあいてないからまだ食べれるのかな？　テーブルの上においておく。

うでにほこりがいっぱいついたから、払って落とす。カンさん、持ってないかな。しけっててもいいからタバコ、ないかな。聞いてみようか。ずっとなくてもよかったのに、どうしてこんな、すごく吸いたくなるのかな。タバコ、タバコって考えたからかな。

四つんばいで歩いて、赤茶色のカーテンをはぐる。……何か、鼻にツンとする。これザーメンの臭いかな。カンさんはイスに座って、股のあいだで手を動かしてた。ああ、ちんちんこすってるのか。

カンさんの背中がちょっと動いて、止まった。頭だけこっちに向く。そしたら「うわあっ」ておっきな声を出して、前かがみになった。声にびっくりしてたら、カンさんは「すみません」ってあやまって、たったちんちんをズボンの中にしまった。

「タバコ、ありませんか？」

「タッ、タバコ?」

「吸いかけでいいです」

「さっ、探してあったらそっちに持っていきます」

テレビのほうに戻る。カンさんは、ちんちんをこすってた。ジブンもたまにこする。お父さんに「擦るのは一人で大便のトイレに入ってる時か、ふとんの中だ。人に見せるもんじゃないからな」って言われた。寮のトイレはどこもくさくって汚い。長いことといたくないから、いつもふとんの中でしてた。ここはトイレがきれいだから、トイレでしてる。カンさんは、トイレかふとんの中でしないのかな。

ジャッて音がして、カンさんが赤茶色のカーテンから出てくる。

「さっきはすみませんでした」

カンさんはまたあやまってる。どうしてだろうな。ジブンは怒ってないけどなって思いながら「はい」って言っておく。

「……こっちに来る時は先に声をかけてって一応、言ったと思うんですけど」

声をかける? そんなことカンさん言ってたかな?

「あぁ、はい」

カンさんの顔はいつもより赤い。怒ってるのかな? 見られてはずかしかったのかな?

「ちんちん見えたの、ちょっとだけです」

カンさんの顔がもっと赤くなって、下を向く。そしたらビクッてふるえて「何でここに」ってテーブルの上のガムをつまんで、シュッてズボンのポケットに入れた。耳は真《ま》っ赤《か》っかだ。

「ちんちんは、トイレかおふとんの中でこするといいです」

はい、とちっさい声で返事をして、カンさんはまた赤茶色のカーテンの向こうに、すぐに入っていった。


昨日、明るい時に救急車の音がしてた。近い感じでずっとなってて、ベランダから外を見たら、アパートの真下にいた。人が救急車の中に入っていって、ピーポーって救急車はいなくなる。空は、雲をさがさないといけないぐらい、晴れてた。

晩ご飯を食べてる時にふっと頭の中に出てきて、あの人だいじょうぶかなぁって気になる。死んでないといいいな。ご飯が終わっても、カンさんはいつもみたいに赤茶色のカーテンの向こうにいかない。テーブルをふいて輪切りの木をおく。背中をネコみたいにまん丸にして、輪切りの黒い木に顔を近づける。

黒い木の上を、丸い取っ手のついた銀色の釘が動く。つるっと黒がめくれて、木の色が出てくる。細いせんに、太いせん。点々。点々。今度は木が動く。丸いせんだ。面白い。どんどんけずれて、せんが見えてくる。そうしてたら、黒い中に宇宙ができた。あぁ、宇宙ってこんな風にできるのかもなぁ。

黒をけずってた手が止まる。頭を上げたカンさんの顔がこっちに向いてる。

「見てて面白いですか？」

「はい」

「どこが？」

「宇宙ができるからです」

カンさんは「ふうん」と小さな声でしゃべって、また黒をけずった。ふって止まる。けずらずにしばらく黒を見てるうちに、カンさんはおっきなあくびをした。「場所変えても、集中できないな」って持ち手のついた釘をおいて、テーブルのまわりの木くずを集めてゴミ箱にすてた。片付けだな。もう終わりかな。

カンさん、こっち見てるかな。

「ムラさんも、何か彫ってみます？」

「ほる？」

「版画、興味がありそうだったんで」

「ジブン、わかりません」

「小学生の図工で、芋版《いもばん》的なものを彫ったりしませんでした？」

「覚えてません」

「消しゴム判子だったら手軽だし。道具はあるんで」

そこまで話してから「あっ」とこっちがびっくりするぐらいおっきな声をあげる。

「そういや手とか、まだ痛みますか？」

「手は痛くないです。足は痛いです」

足は、ひざで歩いたら痛くない。立って足を床につけたら、じわって痛い。

「足、今更だけどやっぱ病院いったほうがいい気がするんですよね。湿布だけじゃ限界ありそうで」

「病院、いきません」

カンさんは「保険証もなさそうだし、無理強いはできないですけど」とおっきな息をする。あきれた時みたいな、その感じが嫌だな。そういうの嫌だな。そのはんこ、作ったほうがカンさんはいいのかな？

「はんこ、作ります」

カンさんが「今からやります？」って聞いてくる。

「はい」

カンさんは赤茶色のカーテンの向こうから、箱を持ってきた。中にはハガキみたいなおっきい消しゴムと、刃の小さなカッター、薄い紙、えんぴつが入ってる。おっきい消しゴムは、片方に青い色がついてて、横から見たら平たいかまぼこだ。

薄い紙をカンさんがつまむ。ベラベラって音がする。

「これに鉛筆で絵を描いて、ゴムに転写して、それをカッターで削るんです」

てんしゃって何だろう。薄い紙とえんぴつがジブンの前にくる。

「シンプルな形が、初心者には彫りやすいかな」

薄い紙に絵を書けばいいのかな。図工は苦手で、なかなかみんなと同じにできなかった。絵って言われても、どうしたらいいんだろ。ペラペラの薄い紙の上にえんぴつの先をつけたまま何もできない。

「下絵的なもの、ありますよ」

カンさんは、ノートぐらいの大きさの紙に、花や自動車、ネコの絵が書かれてるのを持ってきた。

「バイト先の文具店で、手作り判子の教室をした時に使ってたやつです。参加者が子供だったから、図案が子供向けなんですけど」

べらべらしゃべったあと、絵が書いてある紙の上に、カンさんはペラペラの紙をかぶせる。紙を重ねたら下の絵が見えた。

「好みのやつを鉛筆でなぞってみてください」

なぞるならできそうだから、やってみる。ネコの絵をなぞってるのに、えんぴつの先がぐらぐらする。上の紙をめくったら、下の絵とちがう。どうしてかわからないけど、ジブンのはネコに見えない。ネコはむつかしいのかなってトリにしたら、トリもガタガタしてヘビみたいになる。ちっさい消しゴムでこすったら、ペラペラの紙がビリッとやぶけた。

「あ、あ……」

やぶった、どうしよう。怒られる。やぶれたところを指でくっつけようとしたら「他の部分を使えばいいんで」ってカンさんはやぶれたとこを切ってくれた。まだ使えるとわかってホッとする。もっとかんたんなのがないかなって見てたら星があった。これならだいじょうぶかな。ちゅういしてせんをなぞる。そしたら下の絵とだいたい同じ感じで書けた。やった。

「あぁ、いいですね」

ほめられて、うれしいな。その星を、青いゴムにくっつけて上から爪でこすったら、ゴムの青いとこに、えんぴつの色で星がついた。カンさんが星を残して、青いゴムを指と指で作ったわっかぐらいまでちっさくする。そうしてえんぴつのついてないとこをカッターでけずるんだって教えてくれた。

　カンさんが「見本ね」って、カッターで星の外っかわのゴムを切り取る。青いゴムがけずれて、白いのが出てくる。かんたんそうだ。これならジブンにもできるな。教えてもらったとおりに、星のせんに沿ってゴムをカッターでつく。下に押してえぐるように手を回した。四角いゴムの角を切り落とす。

「星のまわりをインクがつかない程度に彫ればいいんで、判子を星の形にする必要はないですよ」

　教えてくれるけど、どれぐらいがつかないかわからない。だからさっきと同じ、星のところから下にグッと押す。

「……まぁ、自由にやってもらっていいですけど」

　カッターをえんぴつのせんにあわせて切る。ちゃんと見てるのに、星のとんがったところが細くなったり、太くなったりする。残ってるところを切り落とす。もとの絵とはちょっとちがうけど、できた。うれしくてカッターをふり上げたら、反対の指にチクッとあたった。

　あれっ、切れたかな。けどあんまり痛くないしだいじょうぶそうだなって見てたら、指からじわっと血が出てきた。ああ、やっぱり切れちゃってたな。あふれた血がぽたりとテーブルの上に落ちる。

「うわっ、切っちゃったんですか」

　カンさんがティッシュを取ってジブンに渡してくる。それでテーブルをふいてたら、また血がピッてちった。どうしようって思ってたら、カンさんが新しいティッシュを取って、ジブンの血の出てる指をぎゅっとにぎってきた。……あぁ、こうすれば血が止まるのか。ティッシュにくるまれたジブンの指が、カンさんににぎられてじわっときゅうくつになる。

「ずっと危なっかしいって思ってたんだよな」

カンさんがティッシュをそっとめくった。まだ血がじわっと出てる。「自分で握っててください」って言われたから、今度はジブンでにぎる。カンさんはテレビ台の下の引き出しから、何か取ってきた。

「手、放してみてください」

しっかりにぎってるジブンの手を、カンさんは指の先でトントンと叩く。手を放したら、ティッシュがポロって落ちる。血がにじんできてる傷に、カンさんはバンソーコーをはってくれた。優しいなぁ。

「すみません」

ジブンの手をにぎったまま、カンさんがあやまる。

「どうしてあやまるんですか？」

「俺が彫るのを勧めたから、怪我したんで」

傷はちっさい。つばをつけてたらなおる。カンさんが、ちっさい傷の指を、くすぐったい感じで「意外に手、柔らかいですね」ってなでてくる。

「ほったり、面白かったです」

カンさんの手が止まり、スッと遠くなった。

「作った判子、押してみますか？」

そう言って、カンさんは白い紙と赤いスタンプ台を持ってきた。そうか。はんこは押すためのものだな。作ったはんこをスタンプ台にぐりぐりと押しつける。

「そんなに力を入れなくても、軽くポンポンポンぐらいでインクはつくんで」

言われたとおりに軽くポンポンして、紙に押す。赤い星ができる。とんがったとこが細かったり太かったりするけど、星だ。赤い星。ポンポンってインクをつけて、ぐって押す。とんがってるとこが欠けててがっかりだ。つけてポン。面白いなぁ。つけてポン。赤い星が、どんどんふえていく。いっぱい押すから、赤い星と赤い星が重なって、星の形がわからなくなる。だから空いてるとこに押す。ポン、ポン、ポン。

ポンポンしてたら、押せるような白いとこがなくなって、やめた。はんこを持ってるほうもそっちじゃないほうも、手は赤い。知らないうちにインクがついた。カンさんは、ジブンがいっぱい星を押した紙をじっと見てる。

「判子を押している時って、どんなこと考えてましたか？」

「楽しいです」

「楽しい？」

「押すの、楽しかったです」

カンさんは「ハハッ」と笑う。

「楽しかったんだ。最初はたくさん押すなって見てて、途中から狂気じみたものを感じてゾワゾワしてたんだけど」

はい、と返事をしたら、またカンさんは笑った。カンさんも楽しそうだ。よかった。

「ムラさんのこれ、味があっていい作品だと思います」

「あげます」

カンさんが「え」ってジブンを見る。

「カンさんにあげます」

星の紙を手に持ったまま、カンさんは「あ、ありがとうございます」とジブンにお礼を言った。カンさんにあげた星の紙は、がくぶちに入れてカーテンの向こうの部屋にかざられた。ジブンが作ったのが、がくぶちに入ったらりっぱな感じになって、すごく気分がよかった。うん。


カンさんは帰ってきたのに、弁当はなかった。弁当がないなぁ、お金がないのかなって心配してたら「今晩はなべにします」って言われた。

カンさんは、テーブルの上にカセットコンロをおく。道で寝てるおっちゃんやおじちゃんで、たまに持ってる人がいる。ジブンは使い方がよくわからないから、持ってなかった。

カセットコンロの上に、金色のなべをおく。そこにそうめんつゆみたいな汁と切った野菜、肉をドボッて入れて、カンさんはふたをした。

「ずっと弁当とカップラーメンのローテで、流石《さすが》に野菜が足りてない気がしたんで。少し寒くなってきたしちょうどいいかなって」

「弁当とカップラーメンは、おいしいです」

「俺もうまいと思うけど、栄養は別だから。野菜も食べないとダメじゃないかな、多分」

野菜、野菜……そういえば前に「野菜食べろ」って言われたことあったな。誰だったかな。お父さんかなぁ。多分、お父さんだな。

なべのふたの下からぐつぐつって音がする。おいしそうな、いい匂いがするな。この匂い、前もかいだことあるな。どこでだっただろ。あぁ、思い出した。公えんの、たき出しの時の匂いだ。カンさんがふたをあけたら、白いゆげがぶわあっと出て、前が見えなくなった。

「一人でなべはハードルが高いけど……」

カンさんが、深い皿をジブンの前におく。

「二人ならまだやろうかって気になる」

「そうなんですか？」

「そんなもんです」

白いゆげの向こうで、カンさんの顔がゆれる。

「ムラさんの視線って、変わってますよね」

しせんは、目のことかな。

「目ですか？」

「まあ、目でもいいか。人の顔を見て話をしないし、何も見てないようなのに、逆に全部見透《す》かされてるみたいな感じというか」

話してる時ってどこ見ててもいいんじゃないかな。何も見てないのに、見てるとか、それは何だろうな。

「ムラさんはシンプルだから、そういうのが真理に近いのかなと思ったり」

いみはわからなくても、カンさんがジブンのことを話してるのはわかる。じゃあジブンも、カンさんのことを話そう。

「カンさんは、優しいです」

いや、とカンさんは下を向く。耳んとこがちょっと赤いかなって思ってたら、顔を上げてジブンを見た。

「ムラさんの優しいの基準って、何ですか？」

「きじゅん？」ってだまってたら「優しいと思う、理由のことです」とわかる言葉がきた。

「親切な人です」

カンさんは「そうですか」とちっさい声になった。

「優しさが上っ面だったら、どうするんですか？」

うわっつら？　うわっつらってなんだっけ？　何か嫌な時に使ってたかな。あぁ、そうだ、うそをつく人のことだ。

「そういう人は、嫌です」

カンさんが「まあ、みんなそうですよね」って言う。

「うそをつく人は、ダメです。ジブンも嫌です。そういう人はいなくなります」

「いなくなる？」

「しんぼうがないから、いなくなります」

誰にも、何にも言わずに仕事に来なくなって、いなくなって、みんなに「あいつは飛んだ」

って言われる。

「ムラさんの業界ではそうなんですね」

しゃべりながらカンさんは、はしでなべの中の大根をさした。すっとはしが通ってく。

「もう煮えたかな。よそうんで皿、もらえます？」

カンさんの手がこっちにのびてくる。皿を渡したら、カンさんがおたまでよそって戻してくれた。セルフじゃない食堂の人が、やってくれる感じだ。

「ありがとうございます」

皿をもらう。熱そうだから、ふうふう息を吹いて冷ます。早く食べたいけど、冷まさないと口の中があつあつになる。

コンコンって、玄関のほうから音がする。「何だろ」って、カンさんが立ち上がる。

「通販、頼んでないけどな」

ちっさい声でしゃべりながら玄関のほうにいって「はい、何でしょう」って聞いてる。

「あー俺、俺」

ドアの向こうから、高い声がしてる。

「えっ、宮口《みやぐち》？」

「そやそや」

カンさんがドアをあける。「久しぶり〜」っておっきな声といっしょに、誰か入ってきた。

長い髪のお兄ちゃんだ。

「悪いんやけど、一晩泊めてくれへん？」

「……急だな。まぁ、いいけど」

長い髪のお兄ちゃんが、こっちを見た。

「あれっ、先客おるやん。こんちは〜」

ジブンにあいさつしてくるから「こんにちは」って頭を下げる。あいさつはだいじだ。長い髪のお兄ちゃんはテーブルに近づいてきて「うわっ、うまそうやん」って上からなべを見た。

「お前も食う？」

カンさんが聞いたら、長い髪のお兄ちゃんは「食う、食う」とお腹がすごく空いてそうないきおいで返事をしてた。

ジブンとカンさんのあいだに、長い髪のお兄ちゃんが座る。テーブルの上はカセットコンロとなべがあっていっぱいいっぱいで、長い髪のお兄ちゃんはごはんのお茶わんを床におく。「三人だとちょっと足んないな。追加するか」ってカンさんは台所にいって、れいぞう庫をあけた。

「急に飛び入りしてスンマセン」

長い髪のお兄ちゃんがジブンを見てあやまってる。

「お兄さん、カンちゃんの職場の人？」

しょくばは、ちがう。

「いいえ」

カンさんの仕事は、レジみたいな感じだったかな。朝に出かけて、夜に帰ってくる。

「違うの？　遊び仲間にしちゃ、年離れてる感じやのに」

「はい」

「何の仕事してる人ですか？」

「土工です」

「あぁ、肉体労働系。じゃ、腹減りますね〜」

「はい。……あぁ、いいえ」

足が痛くて働いてないから、あんまりお腹はへらない。それ、言ったほうがいいかなって迷ってるうちにカンさんがきて、なべにある野菜をみんなの皿によそって、空になったなべに新しい野菜を入れてふたをした。

カンさんは、長い髪のお兄ちゃんをミヤグチって呼んでた。だからこのお兄ちゃんはミヤグチさんだな。前、会社にミヤチさんて人がいたな。すごくいい人だった。

ミヤグチさんは早口だ。早口でたくさんしゃべるから、何を言ってるかわからない。現場でもこういう早口の人、いるな。カンさんはゆっくりだけど、ミヤグチさんとしゃべってたら、早口になってわからなくなる。二人で話してて、ジブンには何も聞いてこない。わからなくてもいいのは、よかった。

ジブンによそってもらった野菜と、チンしたごはんを全部食べた。お腹がいっぱいになる。野菜、おいしいな。弁当もおいしいけど、こっちもいいな。

「ごちそうさまです」

そう言ったら、話をしてた二人がこっちを向いた。どうして見るんだろう、変だなぁと思いながら、ねぶくろんとこまではっていって寝転がる。

「ムラさん、寝ますか？」

いつもより早いけどお腹いっぱいで、気持ちよくて眠たい。

「こっちがうるさかったら、アトリエのほうで寝てください」

「だいじょうぶです」

となりのテレビがうるさくても、ジブンは寝れる。あつあつのたき出しを食べたあとみたいに、お腹からあったかくて、気持ちいい。いいなぁって思ってたら、まぶたが重たくなってスウッてして、何にも見えなくなった。


目がさめた。下っ腹のとこがパンパンしてる。おしっこがしたい。まわりは真っ暗だから、夜だ。立って歩く。足はまだちょっと痛い。けど下につけて歩けるだけましになった。トイレから出てねぶくろに戻ろうとしたら、ふわっと風が吹いた。タバコの匂いがする。ベランダの窓がちょっとあいてる。外で、タバコを吸ってるのかな。ゆっくり近づく。窓をあけたら「うわ」っておどろいてた。髪の長いお兄ちゃんだ。

「すみません」

あやまったら「あぁ、いやいや」とタバコをはさんだ手を横にふった。「タバコ、いいですね」って声をかけたら「一本、吸います?」と言ってくれた。髪の長いお兄ちゃんは、親切な人だ。あぁ、この人の名前、何だったかな。

「ありがとうございます」

足を引きずってベランダに出る。明るいな。月、丸いな。ジブンのかげがわかる。外で寝てた時みたいだな。そんな前のことじゃないのに、なつかしい感じがするな。長い髪のお兄ちゃんのとなりに座って、タバコを一本と火をもらう。久しぶりのタバコは、頭ん中までけむるみたいでおいしい。タバコは最高だなぁ。

「うまそうに吸いますね〜」

「タバコ、好きです」

髪の長いお兄ちゃんは、タバコを吸いながら「カンちゃん、相変わらずで」ってゆっくりしたちっさな声でしゃべった。

「学生時代と変わらんっていうか」

ジブンにしゃべってるみたいだから「そうですか」と返事をしておいた。

「学生の時も、いつもカンちゃんの部屋がみんなのたまり場になっててな。アパートを追い出された奴が半年ぐらいカンちゃんちに居座ったこともあったんよ。カンちゃんは自分ちに他人がいるってことが気にならんタイプやねん。そういうとこ、大らかいうか適当いうか」

まあ人がええからって、髪の長いお兄ちゃんは、皿の上に灰を落とした。全部はわからないけど、カンさんのことを話してるんだろうな。

「俺、来月結婚するんです」

けっこん、けっこんかぁ。どうやって女の人とけっこんするんだろ。会社の受付とか食堂とか、そういうとこにいる女の人は、みんなけっこんしてるしなぁ。ジブンもお父さんとお母さんみたいな仲よしになりたいな。どうすればいいのか教えてもらう前に、お父さんもお母さんもジブンの星へ帰ったからな。あぁ、そうだ。向こうに帰ったら、教えてもらえばいいのか。

「で、カンちゃんは俺の元彼なんですけどね」

チラッと髪の長いお兄ちゃんを見る。このお兄ちゃんは親切な人だから、聞いても怒られないかな。

「モトカレって何ですか？」

髪の長いお兄ちゃんはしばらくだまってて、それから「すみません」とかたい感じの声であやまってきた。

「俺の言ったこと、忘れてください。マジすんません」

どうして髪の長いお兄ちゃんはあやまってくるんだろう。わからないけど「はい」って言っておいた。

このタバコ、おいしいなぁ。なべもおいしかった。髪の長いお兄ちゃんもタバコをくれるいい人だ。カンさんの家は、嫌なことが何にもないなぁ。お父さんとお母さんといた家と同じだな。あんまり覚えてないけど、あの時は、ジブンが嫌だなって思うとこは学校しかなかったからな。学校にいくのをやめたら、そういうのなくなったからな。今も嫌な人はいるけど、そばにいなきゃいいからな。

「今日は、いいですね」

タバコの煙を吐き出す。暗ぁい中に、煙がゆれる。

「いい日です」

髪の長いお兄ちゃんは、ぜんぜんしゃべらなくなった。タバコの煙が、ゆっくり上っていく。

「俺、先に戻るんで。じゃ」って長い髪のお兄ちゃんは部屋の中に入っていった。ジブンはタバコがなくなるまで外にいた。ちょっと寒かったけど気持ちよかった。

カンさんの家にいたら、ずっと楽なまんまかな。むかえが来るまでここにいたいなぁ。けど足がなおったら、出ていかないとなぁ。足がなおんなかったら、ここにいていいのかな。そしたら借金がいっぱいになって返せなくなるな。

カンさんはいい人だから、迷惑をかけちゃいけない。足がなおったら、働かないとなぁ。ジブンの星は、楽かな。けど今も、楽なんだよなぁ。お父さんとお母さんは、ジブンの星で、二人でコンビニの弁当を食べてるかなって考えたら、お腹んとこがふわっとあったかくなった。いいなあ。ジブンも早くいっしょに弁当食べたいな。

3

テレビに出てる女の人、黄色いスカートだ。黄色いスカートは、いいな。お母さんはいつも黄色のスカートを着てた。お母さん、ジブンの星でも黄色いスカートかな。向こうでもテレビ、見てるかな。

「ムラさん」

ジブンの名前だな。

「ムラさん」

まただ。何だろ? あぁ、ジブンのこと呼んでるのかな。ごろって回って、声のしたほうを向く。カンさんが、上からジブンを見てる。そうして寝てるジブンの横にひざを曲げて、ちゃんとした感じで座った。顔が近くなる。

ハハハッて笑い声が聞こえてきて、そっちを向く。テレビで、プールみたいなとこで、お兄ちゃんががんばって泳いでる。手をバタバタして、それをみんなが笑ってる。ハハハ、ハハハ。これ、面白いのかなぁ。朝、顔を洗ったらすっごく冷たくて、指の先がジーンてした。ジブンは嫌だな。水、冷たいよなぁ。かわいそうだ。

「見てるなら、あとにしましょうか」

あぁ、カンさん、カンさんがいたな。

「何ですか?」

ちょっとのあいだだまってから、カンさんは「お願いがあります」って言った。おねがいかぁ。お金が欲しいとかかな?　けどジブン、お金は持ってない。働いてないから。働いてたら、事務所にあずかってもらってるぶんがあるんだけどな。

「ムラさんを、彫らせてもらいたいです」

ジブンをほる。ほる?　ほるってことは、入れずみかな。寮の風呂で、背中に竜の入れずみをしてるおっちゃんがいたな。ほってる時はションベンちびるぐらい痛いって言ってた。痛いのも、竜を背中にほるのも嫌だな。どうしてカンさんはジブンにほりたいんだろ。痛いのは嫌だけど、カンさんはご飯を食べさせてくれるし、優しいしなぁ。カンさんが言うんなら、しかたないなぁ。

「はい、いいです」

カンさんは「ありがとうございます」って頭を下げて「早速なんですけど、スケッチしてもいいですか?」って立ち上がった。スケッ……て何だろな。聞いたことあるな。何だっけ?

「弁当食べる時みたいに、テーブルの前に座ってるだけでいいんで」

カンさんが、おっきなノートを持ってくる。テーブルの向こうから、じっとこっちを見てる。カンさんの持ってるえんぴつの、尻のほうが動いた。シャッシャッて音がする。シャッシャッ……止まって、しずかになる。こっちを見る。またシャッシャッて音がして、止まる。

何か見て書くやつ、学校でやったな。外いって、みんな書いてたな。あぁ、写生だ。これ、写生してんのかな？　何書いてんだろって見たくってカンさんのほうに近づいた。

「すみません、少しだけじっとしててもらえますか」

よくわかんないけど、じっとしてないといけないのか。動いちゃダメなのかな？　動かないって、どんぐらい動いちゃいけないんだろ。目、とじたりあけたりしてるけど、いいのかな。わかんないな。息吸って吐いて。いつも知らないうちにしてることが、どうだったかわからなくなった。むねんとこがバックバックして、息がハッ、ハッする。体、ふるえてきた。

カンさんが「あの」ってこっちを見てる。

「どっか具合、悪いんですか？」

「じっとしてるの、苦しいです」

「いつもみたいに、ぼんやり壁を見てる感じでいいんですけど」

カンさんの言う、ぼんやりがわからない。ジブン、人から見られるのは嫌だ。じっとこっちを見る人は、文句を言ったり、怒ったりする。

かかとんとこ、かゆくなってきた。床でこすったら、足首んとこがジリッてちょっと痛い。あ、今動いたな。動いちゃいけなかったのに、どうしよう。カンさんはノートを見て、シャッシャッてえんぴつが動いてる。何にも言わない。今の、バレてないな。よかった。

足、ましになったなぁ。そろそろ働けるかな。痛いの、ちょっとだけだしな。カンさんは「無理しないでいいですよ」って優しいから、センターにはまだいってないけど。

もうずっと働いてない。ここにいるあいだに、寒くなってきたもんなぁ。カンさんが「これ着てください」って、長そでの服をタダでくれたし。お金を払いますって言ったら「穴開いてるし、捨てようと思ってたんで」って。ひじのとこの穴を見て、ホッとした。古い服とかすてる服は、もらってもいい。そういうのはどろぼうじゃないし、人に迷惑をかけてない。

「もう大丈夫です」

カンさんが、こっちを見てしゃべる。何がだいじょうぶなんだろ。カンさんはノートをテーブルの上においた。もう書いてない。また書くのかなって気になってたら「終わったんで、動いてもいいですよ」って言われた。終わったって言葉で、すっごく体が楽になって「ふはぁ」っておっきな息が出た。カンさんは「ハハッ」て笑う。

「すっごく緊張してましたね。頬んとこがずっとピクピクしてて、申し訳なかったなって」

カンさんのノートを見たら、両手で作ったわっかぐらいの大きさで、人の顔が書いてある。

カンさんは、絵が上手だな。……これ、顔洗う時にカガミで見るジブンの顔に似てるな。

「これはジブンですか？」

「そう、ムラさん」

カンさんは「ふっ」て笑った。カンさんはよくちっさい声で「ふっ」て笑う。

「これをトレペに写して、木に転写してから彫ります」

てんしゃ？　てんしゃって何だっけ？　あぁ、あれだ。ゴムにえんぴつを写すことだ。でも木って言ったな。ゴムじゃなくて、木をほるのかな？　あれ？

「木にほりますか？　ジブンにほりますか？」

カンさんは「自分に彫る？」と首を横にかたむける。

「背中に竜です」

しばらくだまっていたカンさんが、急に「あぁっ」とこっちがびっくりするぐらいおっきな声をあげた。

「もしかして、俺がムラさんを彫るんだと思ってました？」

「はい。入れずみ、ほりますか？」

カンさんが両方の手を横にふって「それはないんで」って、笑う。

「人の体に自己都合で墨を入れさせてくださいなんて、そんなこと言いませんよ。……人生に関わるんで」

人生に、かかわる。人生って、生きることだ。生きることに、かかわる？　入れずみが？

そういえば入れずみがあるとせんとうに入れないって聞いたな。

「やっぱりムラさん、独特だな」

頭をかくカンさんのうでの内っかわに、ある。丸と三角、月が。いつも。あれは入れずみだ。

「カンさんは、うでに宇宙があります」

宇宙、って首をかたむけ、しばらくしてから「あぁ、これか」ってカンさんはうでの入れずみをなでた。

「自分が自分に墨を入れるのを許すぶんにはいいんです」

カンさんはノートをポンと叩いて、ふうって息をした。こっちを向く。ジブンを見てるのかな？

「ムラさんは昼間、何をしてるんですか？」

「テレビを見てます」

「他には？」

「寝てます」

「足のこともあるからしかたないけど、ずっと部屋の中にいて退屈じゃないですか？」

「テレビ、面白いです」

テレビは、見てたらたまにすっごく面白いことがある。カンさんは「ふうん」ってちっさな声で話す。

「何か他にやりたいことはないんですか？」

やりたいこと？　ジブンのやりたいことって、何だろ。あぁ、タバコ。タバコ、吸いたいな。

「理想というか希望というか、願望とかでもいいですけど、お願い的なこともないんですか？」

言葉のいみを考えないといけないのが続いたあと「おねがい」だけはっきりわかった。おねがいか。おねがい……お父さんとお母さんの星にいきたい。ジブンの星にいきたい。いい感じのとこにいきたい。早くむかえがきてほしい。

「おねがい、あります」

「どんなことですか？」

「言いません」

人に話したら、むかえが来なくなる。お母さんが言ってた。

「願い事は、人に話したほうが叶《かな》いやすくなるって聞いたことありますよ」

むねがドクドクしてきた。お母さんは、むかえが来ることは話しちゃダメって言ってた。カンさんはおねがいは言ったほうがかないやすくなるって……二人がちがうことを言う。おかしい。これ、どっちがいいんだろう。

「あ、真剣に受け取らないでください。根拠はないんで」

わからない。わからないけど、お母さんのほうがいいんじゃないかな。カンさんの前から言ってたからな。だからだまってよう。ジブンの星に帰れなくなったら嫌だ。

「ムラさんの目って、個人的によく虚無ってるって思うんですよね」

キョムって何だろう。そういう病気かな?

「仏像みたいな表情っていうか。仏像が虚無ってわけじゃないけど、内包してるものの得体の知れなさが垣間見《かいまみ》えるっていうか」

カンさんはしゃべりがゆっくりで、長いこと話さないから言ってることがわかる。けどジブンがわからない言葉が多くなったら、そこからわからなくなる。聞き返すこともあるけど、めんどくさかったら「はい」って言う。それで終わるから。だから今は「はい」だ。

「そういうの、面白いなって俺は思ってます」

面白いってのは、いい。悪いことじゃない。よかった。

「逆に、ムラさんから俺はどう見えてるんだろうって考えたりします」

「カンさんは、いい人です」

「どうしてそう思うんですか?」

「ねぶくろを貸してくれました。ご飯を買ってきてくれます」

「それは、物理的なことですよね」

カンさんの声が、怒鳴りつける感じとはちがってるけど、怒ってるみたいに聞こえる。ジブンの言ってること、何かまちがってたかなぁ。

「カンさんは、いい人です」

いい人ですねって言って、怒る人はいなかったけどな。カンさんの口がとじたまんま、しゃべらなくなる。

「とてもいい人です」

カンさんが、ジブンを見てるな。

「俺はほんの少し、生活の援助をしてるだけだから」

「そうですか」

またカンさんがしずかになった。しずかなの、なんかそわそわするなって思ってたら、しゃべった。

「ムラさんのシンプルさって、たまに達観してるように見える」

タッカンって、聞いたことある。何だったかな。あぁ、考えてもわかんないな。ジブンのことを言ってるんだろうな。好き、嫌い、優しい、意地悪って感じで言ってくれたら、すぐにわかるのにな。

タッカンって、悪い感じのいみかな。ジブンのしてることで、ダメなとこがあるのかな。同じことしてるのに、叱られることがあるからな。カンさんに、叱られたくない。ここを出てけって言われたら、嫌だな。ここ、いいもんな。寝ても背中、痛くなんないし。何にもしなくても、ご飯が食べれる。よくわからないけど、きっとジブンがいけないことをしたんだろうな。

それなら先にあやまっといたほうがいい。

「すみません」

「どうして謝るんですか？」

「ジブンが悪かったからです」

「ムラさんは何も悪くないですよ」

悪くないってカンさんが言っても、もやっとした嫌な感じがするのはどうしてかな。

「怒ってないですか？」

カンさんの口が魚みたいにぱくぱく動いてとじる。そうしてうつむいた。

「怒っている風に聞こえてたら、すみません」

優しい感じの声に、嫌な気分がちょっとなくなる。

「怒ってなくて、よかったです」

カンさんは「不思議ですね」ってテーブルの上で指を組み合わせた。

「ムラさんは、単純かなって思うこともあるけど、もしかして難しい感じの人かなって感じることもあるから、よくわからないです」

「それは、いいことですか？」

「いいとか悪いではなく、ムラさんはそういう人だなって思うだけです」

カンさんの部屋でくらす。朝ご飯と、晩ご飯をいっしょに食べる。食堂で、いつも同じ席に座る人みたいに、食べる。毎日見てるから、顔を覚える。話してなくても、仲がいいみたいな気になる。カンさんも、そんな感じになってた。けど今は、何か急にその仲のいい感じがなくなったみたいに感じる。この変なの、なくなればいいのにな。……すぐに、近いうちに、なくなるかな。

宇宙の絵が見たいから、赤茶色のカーテンの向こうに入る。いつも同じ場所にあって、見てると何か、いい気分になる。手をのばす。絵の向こうにいけそうなのに、指がガツッてする。ガラスにあたる。


「お母さんお父さん、元気ですか?」

宇宙に聞いてみる。

「むかえは、いつですか?」

宇宙から返事はない。ここはカンさんの宇宙だから、ジブンの星のお父さんとお母さんには通じないかな。会いたいなぁ。カンさんはいい人で、ここにいるのは楽だけど。

「はんこを作りました」

二人に教える。手を切ったけど、作ったはんこをペタペタ押すのは楽しい。たまに、カンさんに紙とはんこを出してもらって、ペタペタしてる。赤い星の紙がたくさんできる。カンさんが「これだけ重なってたら、紅葉《もみじ》みたいに見えますね」って陽のほうに持ってってすかしてた。そう、赤い葉っぱのもみじ、たまに見るな。

ジャッて音がして「あ、やっぱこっちにいた」って声がする。フッて笑って、カンさんはイスに座る。ビニールぶくろをゴソゴソしてる。おかしかな。カンさんはコンビニでおかしを買ってきて、ジブンにもくれる。おかしだといいな。

「お菓子じゃないですよ」

考えてたことを当てられる。ジブンの頭の中なのに、どうしてカンさんはわかるんだろうな。

ふくろの中から、カンさんは黄色っぽい何かを出した。両手の指を合わせて丸っこくしたぐらいの大きさ。輪切りにした木だ。

「さわってみます?」

木がこっちに近づいてくる。だからさわってみた。指の二節ぐらいの厚さで、白っぽい切り口はけんました床柱みたいにつるつるしてる。ツヤはないけど、切り口を指がすうっ、すうってすべって気持ちいい。

「これにムラさんを彫ろうと思います」

「これにほりますか?」

カンさんは「うん」ってうなずいた。

「柘植《つげ》の版木、バイト先の文具店に頼んで取り寄せてもらったんです。個人で買うより少し割安になるから」

目の前にカンさんの手がぐっと近づいてくる。何だろってひらいた手のひらをポンと叩いたら、カンさんは「ハハッ」て声をあげて笑った。

「木を返してもらっていいですか」

ああ、この手の上にのせろってことか。わかったから、返した。晩ご飯が終わったあと、カンさんは赤茶色のカーテンの向こうにいった。

テレビを見ながら、足をちょいちょい動かす。痛くない。けど歩いたら、ちっさく痛い。たまに足のことを忘れて、痛いほうの足をついて「あ、しまった」ってなる。けどな、もうそろそろ働かないとなぁ。

テレビに水着の女の人が出てきた。むねがおっきい。見てたらちんちんがかたくなってきて、トイレにいく。ちんちんこすってたらザーメンが出て、モヤモヤしたのがすっきりする。お父さんがくれた女の人のエッチな写真、あれがよかったのにな。財布に入れてたのに、財布をなくしたからなぁ。

トイレを出たら、入れかわりにカンさんがいきおいよく中に入ってった。急いでるな。おしっこがまんしてたのかな。トイレは一つしかないのに、長いこと入ってて悪かったなぁ。寮にいた時は「大便の便所を一人で長いこと使うな」って怒られた。カンさんが怒らないから忘れてたな。

トイレから出てきたカンさんに「すみません」ってあやまる。そしたら「えっ？」ておどろいたみたいな声で、こっちを見た。

「ちんちんこすってて、長いこといました」

カンさんは顔がじわっと赤くなって「そういうの、わざわざ言わなくてもいいです」ってカーテンの向こうに入る。ジブンの言ったこと、まちがってるかな？　けど怒ってる感じの声じゃないから、いいかな。テレビに、女の人が出てくる。水着の女の人はもういないな。

ジャッて音がする。そっちを見たら赤茶色のカーテンからカンさんが出てきた。カンさんは、テーブルの上に黒い木をおいて、あぐらをかいて座る。

黒い木の上で、丸い柄のついた、曲がった釘をちょっと動かす。顔を木にめり込みそうなぐらい近づけて、はなして、釘をすうっと動かす。動いたあとが、白くなる。黒いとこをけずったら、木の白いのがせんみたいに見えてくる。面白い、面白いなぁ。

テレビから、わははって笑い声がした。太った男の人が、おどってる。上手だな。楽しい。面白いなぁ。あぁ、いいとこでコマーシャルになった。あんまり面白くないなぁ。カンさんは、黒い木に顔を近づけて、ふるえるみたいに釘を動かしてた。釘が動いたとこに、白い点。白いせん。ちっちゃいけずりかすがいっぱいちらばる。

カンさんが、横においてある絵を見る。顔を上げて、ジブンをじっと見た。それから釘が、動く。ちょっとだけ動いて、止まる。じりじり白いせんができる。黒い夜みたいな木の輪切りの中に、白いせん。人の顔。カンさんが釘でほるせんは、きれいだな。釘で、黒い木の上に絵を書いてるみたいだなぁ。

カンさんの手が止まる。釘の先っぽ、動かないなぁって思ったら、カンさんが顔を上げてジブンを見た。ずっと見てる。

「ムラさんに、お願いがあるんですけど」

カンさんの口が動く。

「何ですか?」

「顔を、さわらせてもらってもいいですか?」

顔をさわる? 何だろなって、ジブンでジブンの顔をさわってみる。ちょっとカサカサしてる。

「あ、いや、そうじゃなくて、俺がムラさんの顔にさわってみたいんです。参考に」

「あぁ、そうですか。どうぞ」

カンさんがテーブルに手をついた。片方の手が近づいてきて「すみません」ってジブンの顔にさわった。カンさんの手は、おふとんみたいにふわってして、あったかいな。カンさんの手が動いたら、ふわっとしたのがほかのとこにもできる。指は、目の下から、あごのほうに下がったり、上がったりする。

カンさんの手がはなれて、指が黒い木をなでる。そうして釘が、木をけずる。白いせんと点ができる。カンさんの手が止まる。進んだり、止まったり。これ、アレだ。道に迷った時みたいだなぁ。また、顔を上げる。

「あの、もう一回さわってもいいですか?」


晩ご飯を食べたら、カンさんは黒い木をほる。ずっとほってる。黒い木は、えんぴつで顔が書いてある。遠くからはわからないけど、近づいたらわかる。カンさんはえんぴつのせんをなぞってほる。書いてる絵と、ほった感じはちょっとちがう。宇宙の絵と、それと同じ木の絵を見た時みたいで、似てるのに、どっか何かちがう。

黒い木にちょっとずつ、ちょっとずつせんが入る。カンさんは「ムラさんを彫ってます」って言う。できてるのが似てるかどうかジブンはわからない。

カンさんは、ジブンが寝る前もほってた。夜に起きて、何かぼんやりまわりが見えるなって思ったら、カンさんが寝てるベッドの頭のほうがぼやっとにじむみたいに明るかった。まだ起きてるんだなって、トイレにいく。戻ってきても明るくて、カンさんの足がもぞもぞ動いてた。

「寝ませんか？」

カンさんがスマホを持ったままこっちを向いた。

「眠れないんです」

夜眠れないって、いつも酒を飲んで寝るおっちゃんいたな。

「不眠ですか？」

「集中し過ぎて頭が冴《さ》えてるだけなんで」

集中は一生けんめいになることだ。一生けんめいに仕事をしたらつかれるから、すぐ眠れるのに。カンさんが眠れないのはどうしてだろ。クスリをやったら、ギンギンになって眠れないって人はいたな。お父さんが「人からクスリはぜったいにもらうな。タダだって言われてもダメだ」って何回も言うから、ジブンはやらない。お父さんがダメだってことはしない。カンさんは、クスリをやったのかな？

「目を閉じても、彫ってる版の残像が出てくる」

見えないのに見えるのかな？　それはダメだな。何にもないのに、虫が見えるって現場で叫んでたおっちゃんを、みんながヤクのやり過ぎだ、イカれてるって言ってた。

「クスリは飲まないほうがいいです」

「クスリ？　眠剤は飲まないですよ。いつも寝れないわけじゃないんで」

飲まないなら、いいかな。安心だ。

「動画でも見て気を紛らわそうとしたけど、余計に目が冴えてきた」

カンさんがスマホをベッドの横のテーブルにおく。

「寝れないと、バイトいくのキツいんだよな」

カンさんは、ぼそってしゃべる。スマホのぼやっとした明かり、カンさんの入ってるふとんがもぞもぞ動く。

寝れないのはかわいそうだな。カンさんの寝てるベッドに近づいて、頭のそばに座った。カンさんが横になったままジブンを見てる。

「歌、歌います」

「うた？」

「お母さんが、歌ってました」

寝れなかったら、たまに歌ってくれた。

「まいごのまいごのこねこちゃん、あなたのおうちはどこですか……」

あれ、その先が出てこない。何だっけな。

「まいごのまいごのこねこちゃん、あなたのおうちはどこですか」

また出てこない。出てきそうなのに。

「まいごのまいごのこねこちゃ……」

カンさんが「ハハッ」て笑った。

「ムラさん、そこから先に進んでないですよ」

「忘れました」

カンさんは笑ったあと「ムラさんは優しいですね」って言った。いい気分になって、ジブンも笑う。

「人生、楽しいですか？」

カンさんが、聞いてきた。人生は、生きることだ。生きることは、楽しいかな？　テレビは楽しいな。カンさんは優しい。優しいな。

「カンさんは、優しいです」

カンさんは、しずかだ。もう寝れるかな？

「ムラさんの世界って、どんなんだろうな」

せかい……ジブンのまわりを見てみた。

「カンさんの部屋で、カンさんがいます」

「それは、今いる場所のことですよね？」

「ジブンのせかいは、ここです。ここは、とてもいいです」

ここはいいけど、いつか帰る。ジブンは宇宙人だから、ジブンの星に。そのうちむかえが来る。お父さんとお母さんがいるところにいく。

「ムラさんの世界は、狭いね」

「せまいのは、いいです」

「どうしてですか？」

「広いとものがいっぱいになって、よくわからなくなります。だからせまいのがいいです。ここは楽です。カンさんは、いい人です」

「俺がいい人って、そればっかりですね」

「優しい人は、いいです」

カンさんの手がぬうっとのびて、ジブンのほっぺたにふれた。

「こういう内も外も柔い感じ、どう彫ったらいいんだろうな」

ちっさく動いてた手がスッと引いて「すみません」って言う。お母さんみたいな感じでよかったのに、どうしてあやまるんだろ。

「もっとなでなでしていいですよ」

カンさんは「いいです。もう寝ます。眠れそうになってきたんで」ってこっちに背中を向けた。


カンさんが、テレビを見てる。晩ご飯のあと、カーテンの向こうにいかないなって思ったら、ジブンの横に座った。テレビを見るのかな。めずらしいな。太った人が変なポーズをとって、面白くってジブンは笑う。テレビも笑ってる。カンさんは笑わないで、じっと見てる。

「木をほりませんか?」

カンさんはテレビのほうに顔を向けたまま「今日は休みです」って言う。そうか、休みか。いつも一生けんめいだと、つかれるから休みなんだな。テレビを見てるうちにあくびが出てきて、畳の上でうとうとする。目がさめたら、カンさんがテーブルの横に座って背中を丸めてた。うでが動く。あぁ、カンさん、木をほってるな。いつもと同じ感じは、いいな。起きて、カンさんがほってるのを見る。カンさんの手が止まった。

「彫るのを見て、面白いですか？」

「はい。白いとこがふえてくのが楽しいです」

「ムラさんはいつも、見たまんまだな」

カンさんは丸い柄のついた釘をおいてこっちを、ジブンを見てる。

「……ムラさんって、出身はどこなんですか？」

「大阪です」

「そうだったんだ。けど関西弁じゃないね」

前も言われたな。関西弁じゃないって。お母さんもお父さんも関西の言葉でしゃべってなかった。

「俺は出身が東京で、大学でこっちにきてそのまま住んでます。バイトで何とか食べていけるし、時間だけはあるから、ずっと彫ってられる。それでわりと満足してて」

大学かぁ、頭がいいんだな。前、現場に大卒って人がいて、おっちゃんが「なんで大卒がここにいんだ？」って言ってた。

「俺の世界もムラさんみたいに大概、狭いんです」

せかいがせまい？　カンさんはバイトをしてるのに、せまいのかな？　ジブンはずっとこの部屋の中にいるから、せまいっていったらせまいのかな。

「けど完璧に閉じてるってわけでもなくて、活躍してる同期を意識するだけの俗な部分もある」

カンさんが、おっきな息をする。

「だからムラさんぐらい閉じてるのがある意味、うらやましい」

うらやましいって、言われたことあるな。現場で、重いものを持てなかったおっちゃんに「若くていいなぁ、うらやましい」って。あれ、ちょっとうれしかったな。

「自分と対話して彫ってるだけで満足できるってのが理想だけど、少しは評価されたいって頭の隅にある時点で、それは成立しないですね」

カンさんが話してることが、ぐちゃあとしてよくわからない。「いい」と「悪い」だったら、声の感じがさびしそうだから、悪いほうなのかな。

カンさんは畳の上にごろっと寝転がった。寝るのかなって、マネしてジブンもごろって横になる。寝転がってるカンさんと目が合う。

カンさんの手がこっちに近づいてくる。顔のほうにきて、とちゅうで止まって、あれっ？て思ってたら、指がクイッ、クイッてちょっとだけ曲がる。それが「こっちにきて」って呼んでる感じに見えて、ジブンの顔を近づけたら、カンさんの指がびっくりしたネコみたいに固まって、そろそろ引っ込んでいった。

カンさんはしゃべらない。ジブンもしゃべらない。だまって、顔を見てる。

「足の具合は、どうですか？」

聞かれて、むねん中がもやっとした。

「足は、あんまり痛くないです」

ちょっと前から、歩いても足は痛くない。たまにじわって、痛いような感じがするだけ。これならもう働けるなぁって思ってた。でもここにいたらご飯が出てくるし、まだもうちょっといいかなってずるしてだまってた。

「湿布も使ってないみたいだし、普通に歩いてる風に見えたから。治ってるならよかったです」

「明日から、仕事します」

人間は楽してくらしちゃいけない。お父さんが何回も言ってた。

「まぁぼちぼちで。無理してぶり返しても何だし」

カンさんは、働かなくても怒らない。寮にいた時は「よくなったら働いてください」って社長が怖かった。

「ここで寝て、昼に働きにいけばいいですし」

ドヤの部屋みたいに、ずっといていいのかな。ここにいれるなら現金でいい。そしたら毎日、お金をカンさんに払えばいいかな。それ、いいな。カンさんの家は汚れてなくて、ご飯が出てきて、カンさんは怒鳴ったり怒ったりしない。お父さんみたいに優しい。うれしくなって、そしたら何かふふって笑ってた。

「急に笑って、どうしたんですか」

「ここは、楽しいです。幸せですね」

カンさんは「そうですか」って頭を横に向けた。顔が見えなくなる。カンさんの声がさびしそうで、泣いてないかなってカンさんの顔をのぞき見したら、泣いてなかった。けどジブンに気づいて「うわっ」ておどろいたから、ジブンもびっくりした。

カンさんの顔が近い。そういや、カンさんはジブンの顔にさわってたな。さわられても、さわったことはないなぁ。ジブンはさわられたから、さわってもいいのかな？　手をのばしてカンさんのほっぺたのとこにさわったら、固まりかけのシリコンみたいにやわってしてた。指よりも柔らかいかな。何か面白いなぁ。カンさんの顔がじわぁって赤くなってくる。そしたら指の先もあったかくなってきた。

「熱いですか？」

カンさんは「違います」って言う。けど顔は赤い。カンさんの頭がちょっと動いて、ジブンの手にほっぺたをこすりつけてきた。それが人なつっこくてすりよってくるネコみたいで「かわいいなぁ」って言ったら、カンさんの顔がもっと赤くなった。熱中症になったおじちゃんみたいだ。みんな、そのおじちゃんに「水飲め、水飲め」って言ってた。

「お水、飲みますか？」

カンさんが「はい」ってうなずいたから、台所でコップに水をくんでくる。カンさんに渡したら、一気に飲んで、そしたら顔の赤いのもちょっと薄くなったから、よかった。

お昼のカップラーメンを食べてたら、ガチャンってカンさんの帰ってくる音がした。バタバタって家の中に上がってくる。

「今から実家にいきます」

カンさんはちょっと早口だ。実家は、えっと、お父さんとお母さんのいる別の家だな。

「家族の具合が悪くて。この先、ちょっとどうなるかわかりません」

カーテンの向こうに入ってすぐに出てくると「これ」ってテーブルに何かおいた。

「部屋のカギです。俺のいないあいだ、ここを宿代わりに使ってもらってかまいません。……もうかなり歩けますよね」

　俺もあんまりよゆうないんで、ってカンさんはお札を一枚、こっちに渡してくる。何のお金だろ。現金を貸してくれるのかな？　それに手が、カンさんの手がちょっとふるえてる。どうしてだろ。……あぁ、家族の具合が悪いって言ったな。それは嫌だな。ジブンもお父さんとお母さんが具合悪くなったら、嫌だ。お金、だいじょうぶかな。家族の具合が悪いって、みんなジブンにお金を借りにきてた。カンさんはどうなのかな？　お札ごとカンさんの手をぎゅっとにぎって「だいじょうぶですか？」って聞いた。

　そしたらカンさんの目からボロボロって涙が落ちてびっくりした。あわてて手を放したら、逆にぎゅっとにぎり返される。お札がヒラッと床に落ちた。

「落ち着いたら戻ります」

　カンさんはバタバタと出ていった。ドアがしまって、急にまわりがしずかになる。テーブルの上を見たら、食べかけのラーメン。あぁ、ラーメン食べてるとこだったな。カップの中をのぞき込んだら、汁がなくなってめんがふくらんでた。ふくらんだラーメンを、すする。いつもより柔らかいなぁ。

　ラーメンを食べて床に転がったら、お金が見えた。この色の感じ、五千円かな。カンさんがくれたお金を、テーブルの上におく。そしたら眠くなってきて、昼ご飯のあとはいつも眠くなるから、ねぶくろまでいってもぐり込んだ。

　起きたら、部屋の中が真っ暗だった。明かりをつけて時計を見る。０７００ちょうどだ。いつもカンさんが弁当を買って帰ってきてるのに、おそい。どうしたんだろ。テレビを見ながら待つ。待っても待ってもカンさんは帰ってこない。変だなって考えて、そういえば昼間に帰ってきてたなって思い出した。

実家にいくって言ってた。実家、遠くてすぐには帰ってこれないのかな。カンさんの実家って、どこだろ？　聞いたかな。聞いた気もするけど、覚えてないな。

カンさんが帰ってこなかったら、晩ご飯はない。前、お父さんが家に帰ってこない時は、ご飯がなかったな。お腹空いてきた。カップラーメンはお昼のだけど、食べてもいいかな。

もうちょっと待ってみても、やっぱりカンさんは帰ってこないから、カップラーメンを食べた。お腹はいっぱいになっても、そわそわする。ずっとカンさんと晩ご飯を食べてたから夜に一人なのは、何かちがうな。

テレビを見てたらいつもみたいになったけど、消したらしずか。カーテンの向こうでごそごそしてる音もない。ジブンが知らないだけで、カンさんいるかもなぁってカーテンの向こうを見ても、いない。あぁ、あの絵がある。宇宙の絵だ。宇宙の絵を見てたら、安心する。お父さんとお母さんが待ってるからかな。これ、カンさんの宇宙だったかな。……どっちでもいいか。

ねぶくろを持ってきて、絵の前で寝た。カンさんのいないあいだに、ジブンの星からむかえがきそうだなってそんな気がした。

カンさんがくれたカギをかける。ガチャンって音に安心する。ドアノブを回して引っぱってみる。ガチガチ音がするだけで、あかない。ちゃんとかかってるな。ここから先、奥に部屋はない。一番はしっこの角部屋だったのか。ドヤは角部屋がいいってみんな言う。片方に人がいないから、しずかだって。

足は痛くない。でも痛くなったら嫌だからゆっくり歩く。階段を下りても痛くないな。よかった。外、久しぶりだなぁ。天気、いいな。ぶるって体がふるえる。風、あるな。ちょっと寒い。

前の道、車がいきちがえるぐらいの幅はあるけど、車せんがない。このへん、知らないな。知らない道は迷うからなぁ。近いとこにコンビニないかな。目の前にPって黄色い看板がある。Pは駐車場だ。Pの下に、犬の絵が書いてある。黄色い犬。かわいいなぁ。

見えるとこにコンビニの看板がないから、歩く。ずっとコンビニないな。カンさんちに帰れるかなって気にしてたら、急にセンターが見えた。なつかしくなって、何か、うれしい。日が高いから、手配師の車はないな。

ここまできたらコンビニがわかる。前に何回もいってるからな。コンビニで、唐あげの弁当とお茶、ライター、棚のタバコを取ってもらって、お札を出した。おつりはポケットに入れる。お腹も空いたし、そのへんで食べようかな。でも寒い。カンさんちだと寒くないし、食べてすぐ横になって寝れるから、やっぱ帰ろう。

何か迷ったかな。歩いても歩いてもカンさんの家が見えてこない。灰色で、四階の。ちゃんとあったのに、ジブンはそこにいたのに、ない。なくなった。カンさんの家に帰れなかったら嫌だ。嫌だな。お腹が空いてがまんできなくて、道からちょっと入った植え込みのすみっこで弁当を食べた。それからタバコ。タバコがおいしくて、嫌な気分がちょっとましになる。

「あの」

声のしたほうに、白髪のおっちゃんがいた。きれいな服、着てるな。

「ここ、禁煙なんで」

ああ、吸っちゃダメなとこか。「すみません」ってあやまったら、白髪のおっちゃんは鼻でフーッておっきな息をした。

「移動してもろてもええですか。マンションの敷地内に知らん人がウロウロしとったら不安に思う住人の方もおるので」

いどう……あぁ、出てけってことか。いちゃいけないとこだったんだな。そういうとこ、あるからな。怒ってる感じじゃないから、わざわざ教えてくれたんだな。親切だ。「あのぅ」って近づいてったら、白髪のおっちゃんは後ろにちょっと下がった。

「ジブン、カンさんの家に帰りたいです」

白髪のおっちゃんは「はいっ？」て顔が前に出てくる。

「帰り道、わからなくなりました」

はあ、っておっちゃんの口があいたままになる。

「その知り合いだか友達の家の住所は？」

住所？　カンさんの家の住所は知らない。

「わかりません」

「その家の近くに、目印になる建物か何かないんか？」

目印で頭にパッと黄色いPのマークが出てきた。

「Pの駐車場です。看板に犬の絵がありました」

「犬の看板で駐車場いうたら、公園の近くのやつやな。それやったらこの道をまっすぐいって左に曲がったらええ」

おっちゃんは、ジブンの前を指さして、片方におっきくふった。そっちに曲がれば帰れるかな？

「ありがとうございます」

おっちゃんの言うとおり、まっすぐいってうでをふったほうに曲がったら、Pのある犬の看板が見えた。その横にカンさんのアパートがある。よかった。帰ってこれた。カギをあけて入ったカンさんの家の中は、ものすごく「帰ってきた」って感じがして、よかった。やっぱりカンさんの部屋はいいな。

ベランダに出て、タバコに火をつける。ちょっと寒いけど、がまんだ。カンさんはタバコを吸わないからなぁ。タバコは部屋に匂いが残る。匂い、嫌な人がいるからな。空が何か、赤い。赤いな。タバコ、おいしいなって夕陽を見てたら、どんどんまわりが暗くなってきた。

あぁ、晩ご飯、どうしよう。やっと帰ってきたのに、買いにいかないとご飯、ないな。カップラーメンもない。暗いし、外へ出たらまた迷うかもな。それでここに帰ってこれなくなったら嫌だ。けど買いにいかないとお腹がへったままだ。迷ったら、人に道を聞けばいいかな。犬のあるPの看板って。タバコを吸うなって言ってきた白髪のおっちゃん、住所って言ってたな。住所……カンさんちの住所がわかってたら、迷ってもここに帰ってこれるかな。お父さん

とお母さんと住んでた家の住所は覚えてるんだけどな。カンさんちの住所、どっかに書いてな

いかな。あぁ、手紙には住所が書いてあるな。

テレビのある部屋を、壁伝いにぐるって回った。手紙はないな。赤茶色のカーテンの向こう

の部屋にも入ってみる。

低い棚とおっきい棚、壁にくっつけた机。机の上には、柄のついた釘と、片面が黒くなった木。木には、人の顔がほってある。カンさんがジブンの顔だって言ってる顔だ。

ほってあるジブンの顔にさわったら、ザリッとする。本物のジブンの顔は、ザリッとしてない。木の顔は、さわったらやっぱりザリッってするのに、見てるとそこはまあるいせんだ。なんでさわったまんまじゃないんだろう。

人の家にいったら、おいてあるものにかってにさわっちゃダメだ。お父さんが言ってた。どろぼうと思われるからって。けど見るだけなら、いくらでも見ててもいいよな。

ないな。住所を書いてるもの。ない、ないって部屋ん中をぐるぐるしてたら、何かけっ飛ばした。黒いゴミ箱が横になって、中身がバッて出てくる。

「あー」

しゃがんで、ゴミ箱を立たせた。丸まったティッシュをつかんで入れる。何かザーメンの臭いがするな。ティッシュをかいだら、臭う。カンさん、ここでしたんだな。ゴミの中に、半分に折ったハガキがあった。片方は写真で、もう片方には住所みたいなのがある。シールをはっつけた住所。これ、カンさんの部屋の、ここの住所じゃないかな。きっとそうだな。名前のとこは〝三と和と甘と雨〟。名字はさん……さん……さんわかかな。下の名前、はしごみたいなの

何てよむんだろ。雨しかわかんないな。雨、雨……海でカンさんに会った時に、すんごい雨がふってたな。バラン、バラン……怖いみたいな雨が、頭ん中にちょっと出て、すぐなくなる。

ハガキは、ゴミ箱の中にあったから、すてたものだ。すてたものはいらないものだから、もらってもだいじょうぶ。ゴミ箱の空き缶とか本、拾ってお金にしてるおじちゃんいるしな。

ハガキをズボンのポケットに入れて、ちらばってるゴミをゴミ箱に入れる。白いちっちゃいくずが、取っても取っても取れない。

ゴミ箱にゴミを戻すだけで何かつかれて、横になる。あの絵がある。宇宙の絵だ。カンさんの星がある宇宙だ。けどどっかにジブンの星もありそうだな。……今日は宇宙が遠いなぁ。遠い。カンさん、いつ帰ってくるのかな。


会社の食堂でいっぱいご飯を食べた。そしたらすんごく眠たくなって、現場に着いて車が止まるまで、ハコバンの中でうとうとしてた。ハコバンの中は土と汗のまじった臭いがしてて、それをかいだら「あぁ、現場にいくんだな」って感じがした。

コンビニにいってたら、お金がなくなって食べるものが買えなくなった。たき出しも毎日はやってない。お腹が空いたし、足も痛くないから、昨日からセンターにいってる。

ジブンじゃわからないけど足を引きずってたみたいで、現場のかんとくに「足、どうした？」って聞かれて「足が痛くて、仕事を休んでました」って言ったら、今日は水をかける仕事になった。動かなくていいから楽だ。

夏はいいけど、冬は水がかかって寒い。お昼になったらすんごく寒くてつかれてて、日のあたるとこで寝転がった。寝たら楽だ。昨日もそうだった。「具合が悪いのか？」って誰かに聞かれて「つかれてます」って返したら「若いのに、体力ないな」ってガハッ、ガハッて笑われた。若いのに、体力ないのは嫌だ。嫌だな。働けないと、食べれなくなるから嫌だな。

カンさんは、ずっといない。朝になって、今日は帰ってくるかなって待ってるのに、帰ってこなくて外が暗くなって、がっかりする。そんなんがどれぐらいかな、七日かなぁ、もっと……十日ぐらいかな。そんなにたってないかな。もうわかんないな。

首にかけてるヒモ、そこに通してあるカギをさわる。カンさんの部屋のカギ。いっぺん部屋の中でなくして、長いことさがした。ジブンはよく忘れるしすぐものをなくすから、コンビニのビニールのふくろをよってヒモにして首にかけた。ビニールのふくろをヒモにするのは、外で寝てた時に、親切なおじちゃんに教えてもらった。

カギといっしょに、ビニールぶくろに入れたハガキ、ゴミ箱に入ってたやつもくっつけてる。この二つがあったら、ジブンはカンさんの部屋に帰れる。ハガキは穴をあけてヒモを通してたけど、仕事が終わったらぬれて下のほうが千切れたから、ビニールに入れた。住所のとこはまだちゃんと見える。センターからカンさんの家までの道は覚えて、もうあんまり迷わなくなったけど、あわてたらわかんなくなる。

カンさんの部屋にいられるから、昨日も現金、今日も現金で働く。カンさんが帰ってきたら、寮費と食費を払おう。ちょっと払えるからな。

「おい」

何か、おっきい声がした。誰を呼んでるんだろ。

「ずっとお前を探してたんだぞ」

声、近い。怖い感じだな。目ぇをあける。おっちゃんが、ジブンを上から見てる。何か失敗したかな。怒られるの嫌だな。先にあやまればいいかな。

「すみません」

あれ、この人知ってるぞ。えっと、えっと……神辺さんじゃないかな。

「多仁から飛んだって聞いて、慌てたぞ。親父さんは、俺があずかってる」

お父さんを、あずかる？　お父さんは宇宙人で、ジブンの星にいる。向こうにいってもたまにこっちに帰ってきたりするのかな？　それなら会いたいな。

「お父さん、いますか？」

「あぁ。お前も父親の遺骨ぐらい供養してやれ」

いこつは、骨だ。白いつぼに入ってる。事故で死んだ人のとこに手、合わせにいった。あれ嫌だったな、みんな泣いてた。お父さんは、骨にはならない。死んでない。どうして神辺さんは嫌なことを言うんだろう。警官と同じで、お父さんは死んだって思ってるのかな。

「お父さんは、骨になりません」

「何を言っているんだ？　死んだら骨になるだろ」

「お父さんは、死んでません」

「ＤＮＡ鑑定をして、親子だって証明されたって警察は言ってたぞ」

警官はずっとしゃべってて、言ってることがわからないから、はい、はいって返事をしてたら、色々された。それで何回も何回もディーエヌエーって言ってた。

「ムラは親がいないって話だったが、お前って立派な息子がいるんだ。せめて人並みのことはしてやれ」

神辺さんは、ひとなみって嫌な言葉を使う。ひとなみにっていろんな人に言われるけど、いつも嫌な感じの時だし、ひとなみはいっぱいあってどれがそうなのかわからない。

「金がないんだったら、貯まるまで俺があずかっててやる。だからちゃんと供養してやってくれないか」

神辺さんの目から涙が落ちる。何が悲しいのかな？　どうして泣くんだろう。

「飄々《ひょうひょう》としてたが、ムラはいい奴だった。あんな殺され方をして、最後が無縁仏なんてあんまりだ」

泣いてるのを見て、むねんとこがもやもやしてきた。あの死体はお父さんじゃない。お父さんみたいな黄色いゴムをして、黄色っぽい服を着ててもお父さんじゃない。だってジブンの星で、お母さんといっしょにいる。

「お父さん、ちがいます」

「いい加減にしろっ！」

ドンッておっきな声がきて、むねのとこがキュッてなった。

「鑑定して結果まで出てるのに、どうして違うって言い張るんだ。父親の埋葬に金がかかるからか？　ムラはいつも息子のお前のことを気にかけてた。それなのに、死んだらはいサヨナラ、どうでもいいってことか」

怒鳴り声に耳がビリビリして、奥のほうがワーンワーンしてくる。頭の中が白くなって、言ってることが、もっとわかんなくなる。わからない、わからない。神辺さんは優しいのに、どうしてジブンを怒るんだろう。それに嫌なことを言う。警官みたいだ。あぁ、嫌だ。嫌だ。お父さんは死んでない。ジブンの星にいる。

神辺さんが怖い。神辺さんは嫌だ。怒られたくない。怒鳴られたくない。ここにいたら、ずっと言われるかな。立って、神辺さんからはなれた。嫌なものから、はなれる。それなのに「おい、逃げるな」って追いかけてきた。

だから、逃げる。逃げる。小さい時によんだ絵本にあった。追いかけてくるお化け。泣きながら逃げてる小さい子の……。

うでをつかまれた。強い力で、そこからゾワゾワッて、何か怖いようなものが、ジブンに入ってくる感じ。怖い。怖い。嫌だ、嫌だ。

「どうすればいいかわからないなら、俺が教えてやるから……」

うでをふり回したら、何かガッてかたいとこにあたった。「うわっ」て声がして、神辺さんが横向きにドサッとたおれる。

「いっ、痛ててっ」

神辺さんが頭を押さえてる。ジブンの手が痛い。あたったかな。だから、痛いのかな。

「ごめんな……さい」

あやまって、走る。現場をかこってるフェンスから出て、外にいく。嫌な思いはしたくない。怒られたくない。現場にいたら、ずっと、嫌な思いだ。

足を止めて、後ろを見た。神辺さんは、追いかけてきてない。だいじょうぶだ。歩いて、歩いてたら、現場が見えなくなる。そのうち木がいっぱい生えてベンチのあるとこにきた。ここ、公えんかな。公えんはみんながいてもいい場所だから、入る。木の下にあるイスに座る。

お父さんは、死んでない。お母さんと、ジブンの星にいる。宇宙人だから、死んでない。けど、みんな死んだって言う。

……もしかしてお父さん、死んでるのかな。ジブンの星に帰ってないのかな。お母さんといっしょにいないのかな。お父さんが死んでたら……頭の中がみちみちしてくる。嫌だ。とても嫌だ。だから死んでない。死んでない。死んでない。

ご飯を食べたあとも仕事があるのに、現場を出てきた。あそこに戻りたくない。神辺さんに怒られたくない。同じバスに乗ってなかったから、同じ会社じゃなかった。あそこの現場はいろんな会社が入ってる。

家に帰りたいから、歩いた。カンさんの住所を見せて、いろんな人に道を教えてもらう。あっち、あっち、って言われるほうにずっと歩いていく。あたりが薄暗くなってから、Pと犬の看板が見えた。帰ってきた。

カンさんの部屋は、カンさんの匂いがする。部屋の中で丸まってたら、ちょっと涙が出た。お父さんは、死んでない。あそこで死んでたのは、お父さんじゃない。もしお父さんだったら、嫌だ。だからあれは、お父さんじゃない。

神辺さんは怖かった。優しかったのに、怖くなった。ああいうのは嫌だ。ああいう人は嫌だ。

「カンさぁん」

優しいカンさんがいい。カンさんがいい。カンさん、早く早く帰ってこないかなぁ。

公えんで、たき出しはやってない。がっかりしてたら、ベンチの上で寝てたおじちゃんが「明日はあるよ」って、鼻毛を抜きながら教えてくれた。じゃあ明日はご飯が食べれるなって、前の日の夜は寝る前からいい感じだった。

起きたらまわりが暗かった。ババババ、バババって音がしてる。夜かと思ったのに朝の時間で、あれ？　ってなる。雨が窓ガラスにあたって、とけるみたいに流れてる。雨はぬれるな、嫌だな。けどご飯を食べたいから、カンさんのかさで外へ出た。ひざから下がぬれて、歩くたんびにズボンがふくらはぎんとこにベタベタくっつく。水たまりをふんづけて、靴ん中がじわってぬれる。グチョ、グチョって音がする。くさった野菜をふんづけてるみたいで、気持ち悪いなぁ。

公えんにきたのに、たき出ししてるみたいな人がいない。来るの早かったかなって、柵の横のとこで立ってるけど、人がこない。ザアザアザア……雨が強くって、目の前がぼやける。足のそばの水たまりは茶色で、雨で、ずっとゆれてる。

背中が寒くって、ぞくぞくってする。バラバラって音がして、「あんた、何してんだ」って、ひげのおじちゃんがこっちにきた。おじちゃんのさしてるかさは透明で、片方が叩かれたみたいに曲がってる。

「たき出し、待ってます」

灰色のひげのおじちゃんが「あぁ」って息を吐いた。くさいな。ニンニクの臭いがする。

「今日の炊き出しは、中止だとよ」

「中止？」

「何か手違いがあったいうてな。天気もコレやしなぁ」

たき出しは、中止。中止だから、ない。ないんだな。ご飯は食べれない。ずっと楽しみにしてたのにな。お腹、空いた。足、気持ち悪い。あぁ、あぁ、がっかりだ。すごく嫌な感じだ。

カンさんの部屋に帰って、ぬれた服をぬいで、まっぱだかでねぶくろの上に転がった。お腹でぐうって音がする。お腹が空いた。お腹が空いたな。お腹が空いたら、人間は死ぬ。どんぐらいお腹が空いたら死ぬかな。前もずっと食べてない時があった。あの時は、どんだけ食べてなかったかな。……もう覚えてないな。

カンさんは、いない。ずっと、いない。帰ってこない。自分の星に帰ったのかな？　実家って、自分の星のことかな。あぁ、そうかもなぁ。お母さんもお父さんも、急にいなくなったからな。それはしかたない。他の人に言っちゃダメだからな。だからカンさんも自分の星に帰るって言わないで、帰ったんだろうな。

ジブンの星にいきたい。お父さんとお母さんに会いたい。向こうはきっと、すごくよくて、現場の人が優しくて、おいしいご飯がいっぱい食べれるんだろうな。

お腹がぐうぐうなるから、水道の水をたくさん飲む。水でいっぱいにしてないと気になる。寝たらお腹が空いたのを忘れるのに、寝れない。お腹が空いたなぁ、何か食べたいなぁって、そればっかり頭に出てくる。カンさんの家にあったカップラーメンはみんな食べた。一つも残ってない。カップラーメンはコンビニに売ってるけど、お金がない。買えない。お金がない。お金がない。

働かないと、お金はない。けど現場にいきたくない。前に手配師の車が来なくなって、お腹が空いて、空き缶がお金になるかなって公えんに落ちてるのを拾ってたら「ゴラァ、ここは俺のシマだ」っておじちゃんに怒られた。「若い奴は働け」って。そうだよなぁ。ジブン、若いから働かないとな。重たいもの持てるしなってわかったから、空き缶は拾えない。お風呂に入れて、寒くないところで寝れて、虫もいないけど、お腹が空いた。朝早くセンターにいって、手配師に声かけてもらったら、朝からご飯が食べれる。わかってるんだけどな。現場にいって、神辺さんがいたら嫌だ。お父さんが死んだって言われたら嫌だ。あれは、すごく嫌な気分になる。

ほかの仕事、するかな。けどジブン、現場でしか働いたことがないからな。現場ならどうすればいいかわかるけど、他の仕事はわからない。お金の計算、あんまりできないから店のレジはやれないし。レジやれる人、えらいよな。

テレビをつけたら、長い髪のお姉ちゃんが出てる。何か食べてる。どんぶりだな。上のほう、黄色い。あれは、親子どんかな。おいしそうだな。口の奥のほうからじゅわっとつばが出てきた。お腹もぐるぐる、音がおっきくなる。食べたいなぁ。ああいうの、お腹が苦しくなるぐらいいっぱい食べたい。

何でもいいから、食べたい。お腹を押さえても、水を飲んでも、おしっこばっかり出て、食べたいまんまだ。お腹が空いた、お腹が空いた。カンさん、帰ってこないかなぁ。ちょっとだけ、帰ってこないかな。

外、外に何か食べるものないかな。落ちてないかな。外のゴミ箱に、食べれるものがないかな。すてて る食べものを拾うんだったら、空き缶とかビンみたいにお金にならないから、拾ってもおじちゃんに怒られないかな。

窓の外を見たら、薄暗い。雨はふってない。ぬれてない服、こん色の服を着て、ヒモのついたカギを首からかけた。靴は、足を入れたらぬれててぐちょってする。気持ち悪いけど、靴はこれしかないからしかたないな。

どっかにお金か食べるものが落ちてないか、下を見て歩く。そしたらバサッて、植え込みのとこに頭からツッコんだ。こけなかったけど、ちょっとぬれる。下ばっかりで、前のほうをあんまり見てなかったな。

歩道はしみこんだ水で黒くて、あっちこっちに水たまりがいっぱいだ。公えんの横のとこに自販機があって、横とか下とか何回も見たけど、お金は落ちてなくて手が土だらけになった。歩きながらぬれた柵とか、木の幹んとこに手ぇをこすりつけてたら、きれいになった。

自販機があったら下のすきまんとこを全部見たけど、お金は落ちてない。しまってる店の前までできて、植え込みのとこに座る。お尻がじわって冷たくなって、ぬれたとこに座ったなってがっかりしたけど、もういいや。

向こうにコンビニの看板が見える。あそこには食べるものがいっぱいあるのに、ジブンはお金がないから食べれない。ずっとここ、座ってたらお腹が空いて死ぬかな。死ぬのは嫌だな。ジブンの星にいきたいもんな。

お金、お金って考えてて、頭にポッと出てきた。えいが館でお金をもらったな。あのえいが館にいったら、またもらえるかな。けどあれ、嫌だな。痛いしな。でもお腹が空いたなぁ。お腹が空いた、空いた。ちょっとだけがまんしたら、お金がもらえて、ご飯が食べれるなぁ。

えいが館、どこだったかな。場所、覚えてない。センターんとこから、歩いていけたよな。おっきい通りで、人に聞けばいいか。カンさんちの住所はカギといっしょに首からぶら下げてるから、わかるしな。

おっきいほうの通りに入ったら、自販機があった。下をのぞいてみる。銀色の平べったいのが見えて、五百円玉かと思ったら、丸くなかった。変な形だ。これ、ジュースのふたかなぁ。

「……うわ、恥ず」

声の感じが、嫌だな。そっちを向いたら、若いお兄ちゃんがいた。お兄ちゃんをじっと見てたら、顔を横に向けて歩いてった。……あれ、ジブンに言ったのかな。ジブンみたいな気がするけど、わかんないな。

こっちかなってほうに歩いて、まわりを見てもえいが館みたいなのはない。前から歩いてきた、スーツを着てる人に「あのぅ」って近づいたら、ジブンの肩にぶつかってきた。いきおいが強くて、あとずさる。「ごめんなさい」ってあやまったのに、スーツの人は何にも言わないで歩いてった。ジブン、ちゃんとあやまったのにな。すごく嫌な感じの人だなぁ。

おばちゃんがいたから「あの」って声をかけた。おばちゃんは止まって「はい」って顔を上げる。あぁしわがいっぱいだな。

「えいが館、いきたいです。場所がわかりません」

おばちゃんは「映画館?」って顔を両方の横に向ける。

「近くに、あります」

「この辺で映画館っていうたら、タワーの近くにあるあそこやろか?」

タワーって聞いて、頭ん中に出てきた。白い、高いやつ。あぁ、そうだ。えいが館、タワーの近くにあったかもな。

「はい」

「それなら、こっちに曲がってまっすぐタワーのほうにいったらええんとちゃう」

親切な人に「ありがとうございます」ってちゃんとお礼をして、教えてもらったほうにいく。歩いてたら、おっきな看板が見えてきた。女の人の、エッチな看板がある白いビル。まわりに自転車がたくさんある。あぁ、ここだ。こんなとこだった。

中に入って、下にいこうとしたら「ちょっとお兄さん。券は?」って声がした。ジブンにかな。

「券?」

おばちゃんの顔がこっちを向いてる。

「入口の自販機で買《こ》うてきて」

券を買うってどうすんだろなって、おばちゃんが指さすほうにいった。そこにはラーメン屋にある、お金入れてボタンを押すやつがおいてあった。

えいが館だから、券がいるんだな。いっぱいボタンがあって、どれを押せばいいのかわかんないな。前の時はどうしたっけ。いっしょにきたおっちゃんが買ってくれたかかな。覚えてないいなあ。ジブン、お金がないから券が買えないなぁ。

「邪魔や。買わへんのやったらどいて」

ちょっと怖い感じの声が聞こえて、急いで横によった。泥をぬったくったみたいに顔の黒いおじちゃんが、券を買って地下の階段を下りてく。ジブン、ここにいたらじゃまなんだなってわかったから、えいが館の外に出た。自転車がいっぱいあるとこに立つ。カンさんの部屋に帰ろうかな。えいが館、入れないしな。けどお腹、空いたな。お腹がぐうぐうなってる。立ってるのがしんどくて、自転車の横にしゃがんで座る。どっかにおにぎり、落ちてないかなってまわりを見る。

おっちゃんとか、おばちゃんとか、お兄ちゃんとか、いろんな人がえいが館の中に入ったり、出たりしてる。それを見てたら、どんどん暗くなってきた。夕方だな。それとも、もう夜でいいのかな。

「どうも」

近くで声がする。スーツの人が横にいた。いつからいたんだろ。ジブンより年は下だな。だったらお兄ちゃんだ。

「誰かと待ち合わせしてるんですか？」

あごに薄いひげがある。スーツ、こん色だ。スーツは、いい服だな。上等だ。

「いいえ」

スーツのお兄ちゃんは、ジブンを上から見てる。

「中、入らないんですか？」

お兄ちゃんのあごが、クックッて動く。

「お金がないので、入れません」

お兄ちゃんは「そうなんだ」って頭を動かす。それから「地下、いったことあります?」ってジブンに聞いてきた。

「はい」

「チケット代、おごりましょうか」

チケットは……券。券は入場券のことだな。おごるって、くれることだ。

「無料ですか?」

「おごるんだから、無料ですよ」

「じゃ、いきます」

えいが館の中に入りたい。そこにはお金をくれる人がいる。お兄ちゃんが「じゃ合意ってことで」って、えいが館に入っていった。ごういって何だったたっけって考えながらあとについていったら、ちゃんとジブンの券を買って、待っててくれた。うれしいな。親切な人だ。

お兄ちゃんといっしょに地下にいく。鼻んとこに、トイレとザーメンの臭いがしてきた。あぁ、前もこんな臭いがしてたな。えいがは何か、やってる。がめんいっぱいで、キスしてるな。

お兄ちゃんにうでをつかまれて、ろうかのすみっこに引っぱっていかれた。そこで服の上からちんちんをさわられてびっくりした。お兄ちゃんの手が、ジブンの股のとこでもぞもぞしてる。ちんちんさわられるのは気持ちいいな。けど、ジブンでできるしなぁ。

あ、これってエッチなことだな。これでお金、もらえるのかな。お兄ちゃんの手が、ズボンの中に入ってきた。背中がぞわぞわって寒いみたいになる。指が、ぎゅっ、ぎゅってちんちんにぎってきて、痛い。ジブンでこんなに力、入れたことない。にぎりつぶされそうで怖い。

まわりに人が集まってきた。ジブンとお兄ちゃんを見てるのかな。はずかしいな。えいがでエッチなことしてるのに、そっちを見ればいいのに。「はっはっ」って声が、エサが欲しい時の犬みたいなのが聞こえる。

「反応、悪い」

お兄ちゃんのぬるい息が、耳にむわってくる。反応って、何の反応だろな。体を壁のほうに向けられた。ズボンを下ろされて、お尻がひやってする。暗いけど、みんなが見てる。嫌だな。ここは嫌だ。別のとこにいこうとしたら、押さえられて、熱くてかたいのがお尻にあたった。これちんちんかなって思ってたら、下からぐうっと中に入ってきた。

「うわっ」て声が出たら、お兄ちゃんの動きが止まった。「声、でかすぎ」って言われる。声出しちゃダメなのかな。けどお尻がピリピリして痛いんだけどな。お兄ちゃんが入れたちんちんを動かして、もっともっと痛くなってきた。けど、痛いって言っちゃダメかな。しんどいな。これ嫌だ。ちんちん抜いてくんないかな。

痛い、痛いなぁ。お父さんがいた時に、寮にいたおっちゃんに「いっしょに映画を見よう」ってここに連れてきてもらった。イスに座ってエッチなえいがを見てたら、となりにいた寮のおっちゃんがジブンのちんちんをさわってきた。どうしておっちゃんがジブンにさわってくるのかわかんなかったし、ちんちんさわるのは、人に見せちゃダメだってお父さんは言ってた。

「人がいるとこでは、ダメです」

そう言ったら、寮のおっちゃんは「ここはそういうことをしてええとこやから」って、やめてくんなかった。まわりにもちんちんこすってる人がいたから、ここはいいのかなってそのままにしてたら、気持ちよくてちんちんがたってきた。寮のおっちゃんはジブンのたったちんちんをズボンから出して、じゅるって吸ってきた。気持ちいいのか悪いのかわからない変な感じで、だんだん気持ちいいがおっきくなってザーメンが出た。

気持ちいいけどどっか変な感じで、嫌だなって外へいこうとしたら、寮のおっちゃんにトイレに連れていかれた。おしっことうんこの臭いで吐きそうなぐらいくさくって、そこでお尻にちんちんを入れられた。びっくりして「やだっ」って言ったら口を押さえられて、ずっとお尻の中をこすられた。ちんちんが抜けてもお尻が痛くて泣いてたら「ごめん」ってお金をくれた。寮に帰ってお父さんに話したら、「もう絶対にそいつと映画館にいくな」「そういうことされそうになったら、走って逃げろ」って、ズキズキして痛いお尻にクスリをぬってくれた。

お金、どうしよってお父さんに聞いたら「お前が好きに使えばいい」って言った。おっちゃんがくれたお金で、タバコがたくさん買えた。えいが館でお尻にちんちん入ったら、お金をもらえる。あれって、エッチなことだ。お金を払ったら、女の人とエッチすることができるとこはあるから、そういうことなのかなって、何となくわかった。お父さんが「エッチは好きな人としたらいいぞ」って言うから、女の人とエッチするとこにはいったことない。お金を払ったらできるけど、ジブンはその女の人を好きじゃない。好きな人って、どうやったらできるんだろうなぁ。……あぁ、思い出した。お父さんにむかえがきたのは、えいが館のちょっとあとぐらいだったな。

このお兄ちゃんは、ジブンのお尻にちんちんを入れた。だったらこのお兄ちゃんはお金をくれるってことだな。お兄ちゃんの体がはなれて、ちんちんが抜けたかな？　終わったかなって思ったら、今度は前向きにかかえられてまたぐうって入ってきた。お尻が痛くって、涙が出てくる。そしたらお兄ちゃんは「泣くほどええんか、この変態オヤジ」ってジブンの耳のとこでしゃべった。

お兄ちゃんのちんちんが抜けた。ぽっかり抜けてもお尻は入ってた時みたいにズクンズクン痛いし、股んとこがガクガクする。お兄ちゃんはしぼんだ風船みたいなのをジブンの足のとこにぺって落として「捨てといて」って、ちんちんをしまった。「じゃ」って歩いてく。何だかいなくなりそうで、あれって思ってあとを追いかけた。

「あのぅ」

お兄ちゃんがふり返って、こっちを見る。

「ごめんなさいは？　あとお金、お金ください」

お兄ちゃんは「はっ？」と嫌な感じの声を出した。

「お金をください」

「どういうこと？」

「ちんちん入れたら、お金です」

お兄ちゃんは「金取るんなら、最初から言えや」って怒った感じで財布を出した。それから「ふっ」て笑う。カンさんみたいな笑い声だ。

「はい」

お兄ちゃんが、ちっちゃく折りたたんだお金をくれる。ああ、これでご飯が食べれる。うれしくってたたんだお金を広げたら、お札に何か書いてあった。

「パパ　にゃーねのぬいぐるみ　かって　みゆう」

ひらがなだから、楽によめた。らくがきかなって顔を上げたら、お兄ちゃんはいなくなってた。もらったお金をなくさないようちゃんとポケットにしまう。

えいが館の、階段を上るのがしんどい。歩くたんびにお尻と股のとこがズキン、ズキンって痛い。そういや前も痛かったっけ。道を歩いてても、痛い。これ、カンさんの家まで歩けるかなって思ってたら、右のひざがガクンってしてこけた。おもいっきり顔を地面にぶつけて、頭の中でガゴンって音がする。

鼻の中にぬくいもんが流れてる。ふいたら、こん色のそでんとこが黒くなる。暗いからよく見えないけど、鼻血かな。ふくもんがないから、もっかいそででぬぐう。

顔まで痛いなって立ち上がったら、ひざがカクンてしてそこに座り込んだ。足に力が入らない。はって道のはしによる。立てないから、寝転がる。しばらくじっとしてたら「あっ、あの」って、声がした。若いお姉ちゃんだ。

「顔がちっ、血だらけですけど……救急車、呼びましょうか？」

救急車……は、病院に連れてかれるな。

「救急車は嫌です」

「けど……」

「ジブン、だいじょうぶです」

顔も痛いけど、お尻がずっとズキズキしてる。前の時もお尻は痛くって、でも歩けないことはなかったのにな。若いお姉ちゃんはいなくなった。よかった。

「あの、すみません」

また、声がする。目をあけて、ゴクッてつばを飲んだ。警官の服を着てる。警官だ。警官は嫌だ。

「具合の悪そうな人がいると通報があったんですが、大丈夫ですか？」

警官を見ないで、体を起こす。

「ジブン、だいじょうぶです」

痛いけど、がまんしたら立てた。警官から遠くにいく。警官はついてきてたけど、ふり返らないで歩く。角のとこを曲がって、少ししてから後ろを見たらいなかった。いないなって思ったら、何か急にすごくお尻が痛くなって、しゃがみこむ。口の中にたまった生ぐさいのをぺって吐き出す。真っ赤で、街灯の下だったからよく見えて、向かいから歩いてきてた人が「ひっ」てジブンをよけてった。

しんどいなぁ。しんどい。横になりたいけど、警官がきたら嫌だな。だから立って、歩く。ゆっくり歩いてたら、見つけた。ブロックでかこわれた、ゴミすて場みたいな二畳ぐらいの場所。それとひざぐらいの高さの植え込みのあいだにすきまがある。ゴミすて場みたいなとこにダンボールがあったから、それを持ってきてすきまの下にしいて横になる。寒かったから、もう何個か取ってきて、ふとんみたいにしたら寒いのがましになった。

痛い、痛い、痛いなぁ。お尻と股、顔がドックンドックンして痛い。お金はあるのに、コンビニに買いにいくのがしんどい。お腹が空いたよりも、痛いがおっきい。動かないでいたら、痛いのはましになる。寝てたらなおる。お父さん、そう言ってた。もうちょっと痛いのがましになったら、コンビニにいこう。

あぁ、寒い。寒いな。カンさんちはあったかいから、外で寝たら寒いの、忘れてたな。寒いなって思ってるうちに寝てて、寒くって目がさめた。ダンボールを足して、また寝る。顔が明るくなって、目がさめた。あぁ、朝だな。顔と股のとこはじっとしてたらあんまり痛くないけど、お尻は痛い。それでもちょっとましかなって、ダンボールをはしによせて、立った。歩いたらお尻がズクン、ズクンするから、そろそろ歩く。おっきい通りにきても、どっちにいけば帰れるかわからない。お尻が痛いし、迷いたくないな。誰かに道を聞きたいけど、あんまり人、歩いてない。コンビニの看板が見えた。あぁ、お腹。お腹が空いてる。何か食べたい。

コンビニに入ったら、食べるものがいっぱいある。コンビニはいいなあ。お金があるっていいな。ジブンはここで、何でも買える。おにぎり五個とお茶をレジに持っていく。お兄ちゃんが、ジブンの顔を見てる。ちらっ、ちらっと。何だろな。目が合ったら、お兄ちゃんは顔をうつむけてピッ、ピッ、ピッておにぎりに赤いピカッてする機械をあてる。画面に数字が出る。数字が出たら、お金を払う。「はい」って、ポケットの中のお金を出して渡す。お兄ちゃんはお金を広げて、それをじっと見てた。

「お客さん、これは使えません」

お兄ちゃんは、お金をこっちに返してきた。

「ジブン、払います」

「だから使えないんですって」

「これはお金です」

お兄ちゃんが「ちょっとお待ちください」って店の奥に引っ込んでいって、今度はおっちゃんが出てきた。お兄ちゃんが何かしゃべって、おっちゃんはうなずいてる。

「お客さん、こちらなんですが、本物のお金じゃありません」

おっちゃんの声が怖い。本物のお金じゃないって、どういうことだろ？

「本物のお金です。おにぎり食べたいです」

ジブンのお腹はギュウギュウなってる。

「だから贋物《にせもの》なんですって」

「ニセモノじゃありません。ジブン、おにぎり買います」

前の時は、これでタバコをいっぱい買えた。おっちゃんが「ちょっとこっちにきてもらえますか」ってジブンに手まねきした。お金を払ってるのに、どうしておにぎりを売ってくれないんだろう。いつも買えるのに、どうしてダメなんだろう。

レジの後ろにあるドアから、奥の部屋に入った。「座ってください」って言われる。イスに座ったけど、立ってるよりもお尻がズキン、ズキンして痛い。痛いのががまんできなくて、下に座った。それでも痛いから、横になる。ああ、痛いのがましだ。お腹はギュルギュルなってる。押さえても、なる。

「あんた、お腹が空いてるんか？」

おっちゃんが上からジブンを見てる。

「はい。おにぎり、食べたいです。ジブン買います」

おっちゃんは部屋を出ていって、すぐに戻ってきた。ジブンのそばにきて、おにぎりを近づけてくる。

「これ、食べるか？」

「食べたいです。売ってください」

「このぶんはええよ。賞味期限切れてるから、サービスで」

前も賞味期限の過ぎた食べものをくれる人がいたな。そういうのは早く食べたらいいんだったな。じゃあくれるっていうのは、もらってもいいんだな。

「ありがとうございます」

おにぎりをもらって顔に近づけた。ごはんのいい匂いが鼻の奥にふわんときて、そしたらものすごく食べたくなった。バリバリとビニールをはいで、口の中に入れる。かむ。お米のあまいので、口の中がいっぱいになる。ああ、おいしい、おいしいなぁ。おいしくって、涙が出てくる。かんでも、かみ切れないもんが口の中にある。舌でさぐって出したら、ビニールだ。ちゃんと取ってなかったかな。おにぎりはすぐになくなった。

「もう一個、食べるか？」

「はい」ってうなずいたら、もう一つくれた。おにぎりを二つ食べたら、お腹が空いたのがじんわりましになる。もっともっと食べたいけど、ましだ。お腹が空いた時の、ぐるぐるした音はしない。

「おにぎり、ありがとうございます」

おっちゃんにお礼を言ったら「んん、まぁ」ってちっさい声で返事をしてた。親切な人だな。いい人だなって思ってたら「失礼します」って誰かきた。青い制服、警官だ。どうして警官が来るんだろ。いい気分だったのに、何か、急に嫌になる。

コンビニのおっちゃんと警官のお兄ちゃんは「お金が……」って話をしてる。早口だから、ところどころしかわからない。警官が、ジブンに近づいてくる。あぁ、警官は嫌だ。すぐ逃げたいから、体を起こした。

「顔が血だらけですが、どうしたんですか？」

警官が聞いてくる。血だらけ？　顔をさわったら、ぺりって何か落ちた。赤黒いゴミ。何だろ。さわってたらぺり、ぺり取れる。これ、かさぶたかな？　どうしてかさぶたがあるんだろ？　あぁ、ジブン、転んで顔が痛かったな。

「横になってるのは、どこか具合が悪いんですか？」

声、警官の声は、嫌な感じじゃない。怒鳴ってくる人もいるけど、そうじゃない。

「お尻が痛いです」

警官は「お尻」ってくり返したあとちょっとだまってた。それから「あなたは何かクスリ的なものを使用していますか？」って聞いてきた。

「ジブン、クスリはしません。クスリはしちゃダメって、お父さんに言われました」

コチ、コチ音がする。警官の後ろに、時計がある。それから、カチ、コチ、カチ、コチ。ピーポーピーポーって、救急車の音が近い。救急車、好きじゃない。あれは死にそうな人が乗る。それは嫌だ。救急車の音が聞こえなくなる。よかった。

「あなたが支払いで使おうとしたお金は、どこで手に入れたものですか?」

警官の声がする。

「もらいました」

「誰にですか?」

「お兄ちゃんです」

その男の特徴は?　って聞かれた。とくちょう……ああ、これはわかった。見た目だな。

「こんのスーツのお兄ちゃんです」

「若い背広の男が、あなたにお金をくれたのですか?」

せびろって、なんだったっけ?　あぁ、スーツと同じか。

「はい」

「どこでもらいましたか?」

「えいが館です」

「映画館で、なぜお金をもらったのですか?」

警官がちょっと早口になる。

「何かの対価として、このお金をもらったということですか?」

たいかって何だったかな?

「えいが館で、もらいました」

警官は「あのですね」ってジブンの顔を見た。

「あなたが使おうとしたこのお金は、贋物です。色は一万円紙幣に似てますが、透かしはないし、人物の絵は全く違っている。気づきませんでしたか？」

　ニセモノ？　本物だと思ってたのに、ニセモノだったんだろうか。警官が言うなら、本当なのかな。ニセモノのお金は使っちゃいけない。ニセ札はたいほされる。……むねのとこがゾワッとした。

「ジブン、たいほされますか？」

「今回の場合は店に被害はなく、使用した本人が気づいてなかったということなので、注意で止めておきます」

「ムショにいかないといけませんか？」

　警官は、ポケットから出したお金、ビニールに入ったニセ札をジブンのほうに近づけてきた。

「ここに『お子さま銀行』って印刷があるでしょう。わかりますよね。それに贋物は本物の一万円札よりも一回り小さいんです。こういうお金を見つけたら、次は警察に持ってきてください。あと注意してお金をよく見てくださいね」

　あぁ、本当だ。警官が指さしてるとこに「お子さま」ってちっちゃく書いてある。そうか、お子さま銀行はダメだったんだな。

　警官はジブンからはなれて、コンビニのおっちゃんと話をはじめた。ちっさい声だから聞こえない。そしていなくなった。

「あんた、そろそろ帰ってもろてもええか。てか家はあるんか？」

　おっちゃんの顔が、ジブンのほうを向いてる。

「ジブン、カンさんの部屋に住んでます。カンさんは、ずっと家にいません」

おっちゃんは部屋を出て、すぐに戻ってきた。ふくらんだビニールぶくろをこっちに近づけてくる。

「これを持っていきな」

ビニールぶくろの中には、おにぎりとお茶が入ってる。

「ジブン、お金、払います」

「ええよ。あんた金、ないんやろ」

「ありません。働いて、お金ができたら返します」

おっちゃんは「金のことはもうええから」って言う。あぁ、とても親切な人だ。お金を払ってないのに、食べるものをくれる。ボランティアの人みたいに優しいな。「ありがとうございます」ってお礼を言った。

「……それやるから、もう二度とうちの店には来んといてくれるか」


足をついたらズキンって、お尻からしびれみたいな痛いのが上がってくる。足が止まる。ズキズキした痛いのがなくなってから歩いてまたズキン。ズキン、ズキン、ズキン……ずっと、痛い。痛いの、なくなんないな。けど歩かないと、カンさんちに帰れないからなぁ。

そおっと足をつけてみた。ズキンってこない。あ、これがましだな。そろり、そろり。これ、人を怖がってるネコみたいだなぁ。ちょっとずつしか歩けないし。でもまぁ、いいか。

ガサ、ガサって音がする。ビニールぶくろの中に入ってるのは、もらったおにぎりと……お茶。おにぎりが、ゆれてる。ガサ、ガサって、いい音だな。うん、いい。食べるものの音だ。あぁ、しんどいな。お尻も足もしんどい。道の横に自販機がある。自販機の後ろが空いてたから、そこに入って座る。ここで休もう。ここだったら見えないから、叱られないな。風もなくて、いいな。いいなって思ってたら、寝てた。

背中が痛い。痛いな。変な感じで寝たからかな。まわりは、見える。夜のまっ暗じゃない。けど明るくもないな。昔……んっと、絵の具をまぜる白いの、あれ何だっけ……パ、パ、何だっけ、パ、パ……パレットだ。パレットに出した青い絵の具に、黒い絵の具を落としたっけ。どうしようかなって、まぜたらなくなるかなって、ふでで ぐちゃぐちゃしたらこんな感じの暗い青色になった。この色、よく見てるからな。センターの手配師のとこにいくの、空がこんな色の時だからな。

大きな通りは、人がいない。車は走ってるけど、ちょっとだ。横を通った、ぶおおおんって、車の音が小さくなってくのがずっと聞こえる。お尻が痛いの、ましになったな。そろそろって歩かなくても、だいじょうぶだからな。

きた時と同じ道を戻ってたのに、知らないとこにきた。これ、迷ったな。誰かに道、聞くか。けど人、歩いてないな。土工のおっちゃん、いないかな。……あぁ、何か向こうのほうで、人の声がしてるな。

歩いてるジブンを、後ろから人が抜いてった。土工みたいなかっこうのおっちゃんだ。「あのぅ」って声をかけても、さっさといってしまう。聞こえなかったのかな。おっちゃんがちょっといったとこを曲がった。あっち、何かあるのかな。ついていったら、人がいた。歩いてる。

大きな通りにはいなかったのに、ここはいる。どうしてかな。

通りのとこにブルーシートとか机をおいて、何かいっぱい並べてる。近くにいって見てみる。ドアノブ、靴、Tシャツ、お茶わん、パンツ、靴の片っぽ、汚れた手ぶくろ。

ここ、お店だ。ジブン、前にきたことあるぞ。何か買ったな。何だっけ？　……あぁ、手ぶくろだ。片方なくして、片方だけ買ったな。あん時、一人じゃなかったな。誰ときたんだっけ……お父さんだったかな。お父さんだな。

はだかの女の人のDVDをブルーシートにたくさん並べてるお店がある。はだかの女の人を見たら、ちんちんがかたくなる。外でシコシコしたくなったらこまるし見ちゃダメだけど、気になる。チラッ、チラッてちょっとだけ見てたら、あれ？　ってなった。

DVDの写真の人、お母さんに似てる。すごく似てるなぁ。ブルーシートの奥で、カバンの上に座ってる白髪のおじちゃんが「一枚三百円」って言う。お金がないから買えない。見るのはいいかな。買えないなら、さわっちゃダメだな。

近くで見たくて、しゃがんだ。お尻がズキッてして、ひざをつく。あっ、こうやって前かがみになったら、しゃがんでもお尻があんま痛くないな。

DVDの写真は、男の人がはだかの女の人の後ろからおっぱいをつかんでた。女の人は足を大きく広げてる。股のところはぼやけてて見えない。

「それ、抜けるで」

おじちゃんの声がする。女の人の顔、やっぱりお母さんみたいだ。もっとちゃんと見たいなぁ。

「さわってもいいですか?」

「ええよ」

DVDを持って、顔に近づける。やっぱりこれ、お母さんだ。うらにも写真があって、お母さんの顔がいっぱいある。お母さんのおっぱいやお尻にさわってる男の人、見たことあるなぁ。同じ寮にいた人かな。

「お兄ちゃん、人妻物が好きなんか」

おじちゃんは「くへっくへっ」て変な笑い方をする。その笑い方、聞いたことあるな。頭ん中に、チョコレートが出てきた。おかし……あまいの、お母さん。お母さんが「おいしい」って食べてて、ジブンにあんまりくれなかった。いいな、いいなぁってうらやましかった。おっきなチョコのふくろをもらったお母さんが「ありがとう」って言ったら「くへっ」て笑ってた。あぁ、あれだ。お母さんにいっつもおかしをくれてた、きいちゃん。となりに住んでたきいちゃん。きいちゃんの笑い方だ。きいちゃんの笑う声、変だなってずっとずっと思ってた。あぁ、この写真でお母さんのおっぱいにさわってるのは、きいちゃんだ。

「そのDVDの男優な、若い頃の俺なんや」

おじちゃんの顔を見た。DVDのきいちゃんと、おじちゃんの顔はちがう。DVDのきいちゃんはジブンの知ってるきいちゃんだ。前にいるおじちゃんは髪が白くて、顔が真っ黒で、しわがいっぱいある。おじちゃんは、本当にきいちゃんなのかな? 年をとったらしわしわになるのはわかるけど、こんなになるのかな。おじちゃんは、手で鼻の下をこすった。

「若い頃は木戸《きど》マグナムって芸名でAV男優やっててな。売れっ子やったから、女がわんさか寄ってきて、ちんこが乾く暇もなかったわ」

くへって笑うおじちゃんの声は、うれしそうだ。それってすごくいいことだったんだな。

「その女優やと、ハード系のがぎょうさんあるで。昔、そっち系で人気やったからな」

並べたいっぱいのＤＶＤから、おじちゃんは他のを前に出してくる。あ、こっちもお母さんだ。赤いヒモで体をしばって、おっぱいがしばったヒモとヒモのあいだから飛び出してる。

「二枚なら割引して五百円」

赤いヒモのほうは、お母さんの中に、男の人のちんちんが入ってそうだ。入ってるとこはぼやけてて見えないけど、入ってるよなぁ。これ、エッチなことしてるのかな。……そっか、これってエッチなＤＶＤだもんな。

頭ん中がもわってする。これ、嫌だな。お母さんはどうしてきいちゃんとエッチなことをしてるんだろ。お父さんとけっこんしてるのに。けっこんしたら、その人としかエッチはしちゃいけないのになぁ。浮気かな。浮気はダメだ。浮気したら奥さんと子供が出てったたって泣いてた型枠のおっちゃん、いたしな。

「兄ちゃん、五枚なら千円で出血大サービスや！」

「お母さんです」

おじちゃんが「はっ」て低い声になった。

「これ、ジブンのお母さんです。お母さんは、けっこんしてます。お父さんじゃない人とエッチなことをしちゃいけません」

チッて舌打ちして、おじちゃんは顔を横に向けた。

「……買わんならあっちいけや」

顔が横のまま、おじちゃんはハエを追い払うみたいに手をふった。

「けっこんしてる人は、他の人とエッチしちゃダメです。お父さんがそう言ってました」

「うっさい！　あっちにいけ言うとるやろ！」

おじちゃんがペットボトルをふり上げて、それがジブンの顔に落ちてきた。ゴンッて音がする。痛い。じわってあとずさる。どうして殴られるんだろって怖くなってたら、小さい石が飛んできた。肩にガッてあたる。すごく乱暴だ。このおじちゃん、嫌だ。痛いから、ブルーシートからちょっとはなれた。

お母さんは、エッチなＤＶＤに出てる。エッチなＤＶＤは、みんな見てる。テレビで見てる。ジブンはお父さんが「これでしろ」って、本にあった女の人のエッチな写真のとこ、やぶいたやつをくれたから、いつもそれでしてた。

お母さんは、どうしてお父さんじゃない男の人とエッチなことをしたんだろ。会社の寮で「お前もどうだ」ってエッチなＤＶＤを見せてくれたおっちゃんがいた。見てたら、ちんちんが熱くなって、かたくなった。本を切り取ったのよりよかった。

エッチな女の人がいる店に「お前もいくか」ってＤＶＤを見せてくれたおっちゃんにさそわれた。ＤＶＤとおんなじこと、できるぞって。けどお父さんが「やめておけ」って言った。「あいうのは、よくない」「エッチは好きな人としろ」って。だからジブンはお店にいかなかった。ずっと写真でしてた。

こっちに石を投げてきたおじちゃんは、ブルーシートをたたんでカートにのせた。ゴロゴロ引きずっていなくなる。

おじちゃんは怒ってた。どうして怒ってたんだろ。けっこんした人が浮気をしちゃいけないのは、本当のことなのにな。

……あれ、じゃあお母さんも、いけないことをしたのかな。お父さんがいるのに、他の男の人とエッチしたから、やっぱり浮気かな。お母さん、まちがえたのかな。お母さんの浮気を聞いたら、お父さんは怒るかな。けど、お父さんは優しいから、お母さんがあやまったら許してくれるんじゃないかな。

センター、どっちにいったらいいか聞きたかったのにな。あれっ？　ジブン、お母さんのDVDを持ってる。お金を払ってないのに、持ってる。返すのを忘れてた。これ、ダメだ。お金を払わないで持ってきたら、どろぼうだ。警官につかまる。返さなきゃ。

返したいのに、おじちゃんはいなくなった。こまった、こまったなぁ。このDVD、どうすればいいんだろ。わざとじゃないんだけどな。DVD、おじちゃんのいたとこにおいておこうかな。そしたら落ちてるって、誰かにとっていかれるかもしれないし、どうしようかな。

現場で貸してくれる道具、返すの忘れて持って帰ったことあったな。あれ、次の日に返したら「気をつけて」って言われたけど、怒られなかった。そうだ、またここにきて、返せばいいんだ。返したら、ぬすんだことにならないよな。じゃあ返そう。そうしよう。やり方がわかって、よかった。

帰ったおじちゃんのとなりで、ダンボールをしいてはだかの女の人の本を売ってたおじちゃんに「センターにいくにはどっちにいったらいいですか」って聞いたら「まっすぐ向こう」って教えてくれた。ちゃんとお礼を言って、そっちに歩いていったら、やっとセンターが見えてきた。

ここからだったら、カンさんちがわかる。よかった。カンさんのアパートがちょっとずつ見えてきて、ホッとする。やっと寒くもかたくもないとこで寝れる。すっごくうれしかったけど、部屋に帰るまでの階段を上がってたらまたお尻がズキズキしてきて、しんどかった。

カギをカギ穴に入れて、回して、カチャンてカギがあく。カチャンて音、いいな。好きだな。ふうって息が出る。玄関に、カンさんの靴はないな。部屋の中は、しずか。何の音もしてない。赤茶色のカーテンをめくってみた。いない。カンさんは帰ってきてない。あーあって、うれしかった気持ちが、ちょっとなくなる。

コンビニのおっちゃんがくれたおにぎりを一つ食べた。おしっこしたくなってトイレにいったら、ズボンの股のとこが真っ赤になってて「うわぁっ」て声が出て、ジブンの声にびっくりした。股のとこの毛が赤黒っぽく固まってごわごわするから、お風呂に入ってお湯で流した。お尻にしみてひりひりして痛い。タイルの上で、お湯がうっすい赤になって流れてく。お尻は痛いけど、コンビニのおにぎりが食べれてよかった。あのおっちゃん、とても親切だったなぁ。

前に着てた服はまだぬれてた。今着てるのは血で汚れてる。前はこんぐらいの汚れなら着てたけど、カンさんはよくせんたくするから、ジブンも洗ってたら、洗ってるののほうがよくなった。

はだかのまんまねぶくろの中に入る。じわっとしてあったかい。はだかでもあったかいな。

あぁ、ここがジブンの場所だ。寒いとかない。嫌なこと、怖いこともない。

横になってたら、見えた。返さないといけないDVD。お母さんのおっぱいが、赤いヒモのあいだから出てる。これでお母さんが見れるかな。お母さん、見たいな。もうずっとお母さん見てないもんな。エッチなDVDだから、お母さんはエッチなことをしてるかな。DVDの前と後ろをひっくり返す。お母さん、見たいけど、きいちゃんとエッチしてるのは、もやっとして嫌だな。

つかれたなぁ。働いてないのに、朝なのに、眠たくなってきてゴロゴロしてたら、パキッて音がした。何だろってねぶくろの下に手をつっこんだら、DVDのケースが出てきた。はじがちょっとわれてる。中はだいじょうぶだな。はじがちょっとだから、いいか。これ、どっかふまないところにおいといたほうがいいな。

カンさんが寝てるベッドの下に押し込んだ。ここだったらふまないし、寝転がってたら見える。おじちゃんには明日、明日返しにいこう。明日、返さないといけないなって思ってたら、目が重たくなってきて、あけてらんなくて、おっきなあくびが出た。

4

ミシッて音がした。ミシッ、ミシッて聞こえる。坊主頭で、黒い服が見える。……カンさんかな？　目をこすっても、消えない。カンさんがいる。歩いてる。カンさんは、自分の星に帰ったんじゃなかったんだな。あぁ、よかった。

鼻がムズムズして「クション」っておっきなくしゃみをする。お尻がズキンって痛くて、お腹がビクビクってふるえた。

「あ、起きました？」

カンさんが、こっちを向いてる。

「はい。……おかえりなさい」

カンさんはちょっとだまって、聞こえなかったのかなってもう一回「おかえりなさい」って言ったら「ただいま」って、ちっさい声で返事をした。

「ムラさんは、昼寝ですか？　って、もう夕方だけど」

夕方、夕方……なのかな。カンさんの後ろ、窓がだいだい色だ。

「駅で弁当を買ってきたんで、晩メシはそれでいいですか？」

弁当って聞いたら急にお腹がへってきた。

「食べます」

ああ、やっぱりカンさんがいるといいな。弁当がちゃんと出てくる。

「今から食べるんですか？　晩メシにはちょっと早いけど、まぁいっか。俺も腹減ってるし」

カンさんが、テーブルにビニールぶくろをおく。あれが弁当かな。ねぶくろからはって出たら、お尻がズクッてした。さっきのくしゃみで、また痛くなった。立つと痛そうだから、四つんばいで歩く。カンさんが、こっちを見てる。目が合ったら、何か下を向いた。

「服、着てないんですか？」

下を向いたカンさんが、話す。

「汚れました」

「着替えも洗濯してるってことですか？　じゃ俺のを貸します」

カンさんが赤茶色のカーテンの向こうに入る。座ろうとしたら股のとこに生温かいものが流れる感じがあった。汗かなってさわったら、手のひらが赤くなった。

「えっ、血？」

カーテンから出てきたカンさんの声がおっきくておどろいた。ジブンに近づいてくる。

「手を怪我したんですか？」

「手、痛くないです」

「じゃその血はどっからですか？」

「お尻、痛いです」

カンさんがジブンの後ろに回ってから、こっちに戻ってきた。

「もしかしてムラさん、痔《じ》ですか？」

じって、よく聞くな。現場でじ持ちだっていうおっちゃん、いた。うんこするたんびに尻が痛いってずっと言ってたな。うんこしてなくても痛いけど、これがじなのかな。カンさんが言ってるし、きっとそうだな。

「はい」

「そっか……」

カンさんはスマホをつかんで、画面を指でぱんぽん押した。そうして「ちょっと外、出てきます」っていなくなった。座ってたら生温かいのが流れてきて、ティッシュでお尻をふくたびに赤いのがついてくる。こまったなぁってお尻にティッシュをはさんでたら、カンさんが帰ってきた。

カンさんはパンツと四角いおかしのふくろみたいなのを買ってきた。おかしのふくろをあけたら、小さいふくろがいっぱい入ってる。小さいふくろの中はたたんだハンカチみたいになってて、カンさんはパンツの股のとこにたて長のハンカチみたいなのをつけた。

「ネットで調べたら、痔が酷い時は、こんな風にナプキンをつけてたら下着を汚さないそうです。嫌かもしれないけど、落ち着くまでは」

カンさんにハンカチのついたパンツをもらう。ハンカチみたいなのにさわったら、指のとこにふわってした。これ、気持ちいいな。顔を近づけたら、あまい匂いがする。洗った服の匂いだ。くんくんかいでたら「早くはいたほうがいいですよ」って言われて、はいた。股のとこはゴワゴワして嫌だけど、お尻にあたるとこはふんわりだ。優しいな。カンさんのくれるものは、どれも優しいな。パンツをめくってみたら、ちょっと血がついてた。でもパンツは汚れてない。ハンカチに吸わせるってことか。これ、いいな。

「一袋買ってきたんで、汚れたら取り替えてください」

「ありがとうございます」

カンさんに借りた服を着て、テーブルの前に座る。動いたら痛いけど、お尻にあたってるとこはふわふわしていい。

「薬も買おうかと思ったけど、やめときました。どういうタイプかわからなかったんで」

「寝てたらなおります」

「長引くなら、一回病院にいったほうがいいですよ。……けどま、足の時もいかなかった人だしな」

とりあえず食べますか、ってカンさんが弁当をあける。コンビニのとちがって、中が見えてない。ふたをあけたら、色がいっぱいで、おいしそうだ。あ、唐あげが入ってる。やったぁ。

「いただきます」

手を合わせてから、わりばしをパキンてわる。黄色いのは玉子やき。柔らかくって、あまい。唐あげ、ニンニクの匂いがして、いい。いいな。昨日、その前の日かな、お腹が空いたってそのことばっかり考えてたのにな。カンさんがいたら、嫌なのがなくなる。すごいなぁ。

「弁当、おいしいです」

「そりゃよかったです」

テーブルの向こうにカンさんがいる。やっぱりこれがいいな。最後に残してた梅干しを食べて、たねを空になった弁当箱にぺって吐き出す。箱からつるって出て下に落ちて「あー」って拾ったら「フフ」って笑う声がした。カンさんが笑ってる。

「おかしいですか？」

カンさんは「あ、思い出し笑いみたいな感じで」って、口のとこに手をあてて、また「フフ」って笑った。おはしを持ってる手だから、おはしがゆれてる。

「世界が違い過ぎて」

「せかいですか？」

「こっちに帰ってきてすぐにナプキンを買いにいくとか、流石に予想の斜め上過ぎた」

カンさんは、また笑う。買い物にいくのがそんなに楽しかったのかな？

「父親が亡くなりました」

カンさんが、ぼそっと話す。亡くなる？　亡くなるって、死ぬってことだ。カンさんのお父さん、死んだのか。死、死、死ぬこと。現場で落ちて、みんな死んだって言ってたおっちゃん。血だらけだった。痛そうだった。背中がぞわぁってする。

「俺が帰った時にはもう意識がなくて、一週間ぐらい危ない状態が続いてて、ちょっと落ち着いたかなと思って安心したら翌日に」

ふうって息をして、カンさんは「あっけなかった」って言う。あっけなかったって、急に終わったとか、こわれたとか、そういうことだ。現場から落ちて死んだおっちゃんに、誰かが「あっけなかった」って言ってた。さびしい感じが、同じだな。

「俺と父親の価値観が違うって溝がずっと埋まらなくて、しんどかった。けどそれは距離をとることである程度、解消はしてたんです。それが死をもって終わるのを、見せつけられたというか。事実は固定化されて、もう進展も改善もしない。あるがままの過去が残るだけです」

言ってることはわからないけど、カンさんが悲しいのはわかるな。ジブンも、お父さんが死んだら悲しいな。死んでないのに、死んだって言われて、すごく嫌だったからな。目のとこがじわって熱くなって、涙が出た。ほっぺたのとこに流れる。

「かわいそうです」

「病気だったんで、しかたないです」

「カンさん、悲しくてかわいそうです」

しばらくカンさんはだまってた。

「俺は大丈夫です。悲しいより、虚《むな》しいって感覚のほうが近いかな。そういうのも葬式でバタバタして、実家の片付けとかしてるうちに薄まったっていうか」

「お父さんに、会えなくなるのは嫌です」

「順当にいったら、親は先に死ぬんで」

カンさんがはしではさんでた玉子やきがぽろっと落ちる。それは机の上ではねて、畳に落ちた。「あーあ」って拾って、弁当のふたのはしにおく。

「ここのところ何をしてても『父親が死んだ』って感じが、煙みたいに自分のまわりにあったんですよね」

カンさんはゆっくりとしゃべる。タバコを吸わないのに煙とか、どういうことかな。他の人が吸ってて嫌な感じだったのかな。

カンさんはおはしをおいた。弁当、まだ残ってるけど、もう食べないのかな。

「こっちに戻ってきても同じで。別に不快ってわけじゃないんです。こういう時って、そういうメンタルになるもんだろうって思うんで」

ただ……ってカンさんは続けてしゃべる。

「ムラさんと話してたら、そんな空気が一瞬でどっかいった」

「それは、いいことですか?」

「いい、悪いとかじゃなくて……楽になりました」

「じゃあ、いいことです」

カンさんは、また「フ」って笑って「ムラさん最強だなぁ」って、両手を後ろについた。顔を上に向ける。

「実家に帰ったら、親戚に言われました。お前はこれからどうするんだって。どうするも何も、俺はずっとこのままだ。バイト先の正社員にはなるかもしれないけど。働きながら彫ってのくり返し。何かのきっかけで注目されるかもしれないけど、その機会はないかもしれない。わからない。そういう生き方があることを俺の身内は想像できない」

実家のしんせきが言ってると、正社員はわかった。いいことっぽいけどカンさんの声は嫌そうだ。

「いいですね」

カンさんが「いいですか?」と聞いてきた。

「正社員はいいです。ちゃんとした人しかなれません」

土工で「正社員に」って声をかけられる人は、仕事がたくさんできて、みんなに「あいつはできる」「仕事が早い」って言われる人だ。カンさんは「はは」ってまた笑って「世界がムラさんみたいな人ばかりだったら、平和だろうな」ってうつむいた。

「人に迷惑をかけずに生きても、明確な結果を掲示する、もしくは平均的な人生を見せないと、親を心配させてるって、まぁ、俺の知っている世界線だとチクチク言われますね」

今日のカンさんは、よくしゃべる。言葉のいみを考えてるうちに先に進んで、わかんなくなって、何なんだろうなってなる。

「どうでもいい話ですね……あ、また落ちてきた」

カンさんはそう言うけど、カンさんのまわりは何にも落ちてない。カンさんは力を払うみたいに顔の前で手をパタパタした。

「現場、出てました？　金、足りませんでしたよね。俺がいないあいだ、メシとか大丈夫でしたか？」

……現場、現場にはいった。お父さんが死んだって神辺さんに言われて嫌だったから、飛んだ。

「ムラさん、何してましたか？」

ジブン、何をしてたかな。お金がなくなって、お腹が空いて、えいが館にいったら、ちんちん入れられた。お尻が痛くなった。あのお兄ちゃん、嫌だったな。コンビニにいったらお金が使えなくて……あのおっちゃんは、いい人だった。

「コンビニで、おにぎりをもらいました」

「買うんじゃなくて、もらったんですか？」

「はい」

「無料で？」

「ジブン、お金を払いますって言いました。けどくれました」

「何でそうなったのかちょっとわかんないけど……あぁ、賞味期限が微妙に過ぎてたから、そういうのを配布してたのかな。残ってたの、一応冷蔵庫入れときました」

カンさんは残りのご飯を全部食べてから空の弁当を片付けた。テーブルの上には何もなくなる。カンさんがいなくなってたあいだがなかったみたいに、前と同じ。カンさんはジブンといっしょにテレビを見てる。前と同じなのに、前とちがう。何だろな、何だろなって考えて、わかった。黒い木だ。

「木、ほりませんか？」

カンさんは「今日はいいかな」ってテーブルの上にあごをおいた。

「この感じだと彫らないほうがいいんで」

「そうですか」

「言葉とか現実とか、そういう些細な、ネコに引っかかれるみたいな小さな傷が、いくつもいくつもできて、メンタルが少しずつ削れていくんです。削れて、もろくなって、些細な一言でぶっ壊れるみたいな。昔、そういう奴、いたな。見てきたなって。それが今の自分に重なってちょっとしんどい」

ささいって何だったかなって考えてたらどんどん言葉がいっぱいになって、しゃべってるなって、音が聞こえてるだけになる。「ネコ」とか「ぶっこわれる」はわかったけど、他はわからない。わかる言葉をつなげて、こうかなってするしかない。カンさん、ネコが嫌いなのかな？　嫌いでぶっこわれるは、乱暴だな。

乱暴な人は、怒ってる。カンさん、怒ってるのかな。お父さんが死んだからかな。ジブン、お父さんが死んだって言われたら、怒るかな。そっちより悲しかったな。すごく悲しかったなぁ。

カンさんの横にいって、ぴったりくっついて座った。ふうってカンさんのおっきな息。目玉だけがぐるって動いて、ジブンを見た。

「……近いです」

「はい」

「どうして俺にくっついてるんですか？」

「悲しい時は、くっついてたらいいです」

「……そうですか」

カンさんは目をとじて、じっとしてる。テレビ、面白いな。カンさんとくっついた肩とか脇とか、足のとこがあったかいなぁ。

野良ネコで、人なつっこいのがいて、ひざの上で寝て、あったかかった。アパートにお父さんとお母さんといた時は、嫌なことがあったらお母さんにくっついてた。お母さんはあったかくって、あまい匂いがした。

くっつくっていいな。ちんちん入れてきたお兄ちゃんは、くっついてても嫌だったな。お尻、痛かったしな。何にもしないでくっついてるのは、いいな。うん、いい。いいな。

カンさんは、カンさんの匂いがする。カンさんの、部屋の匂いがする。いいな。横でスウスウって、寝てる感じの息がした。カンさん、寝てるのかな。

おしっこがしたくなって、トイレにいく。パンツを下ろしたら、お尻にしいたハンカチに赤い血がついてた。ちょっとだけだから、そのままにしてトイレを出る。寝てたカンさんが起きて、こっちに顔を向けてた。小さなあくびをしてる。

テーブルの向かいに座る。カンさんがジブンを見てる。ずっと見てるかな。何か、うでの横がすうすうする。さっきはカンさんが横にいたから、うでの外のほうはあったかかった。はなれたら、あったかくない。さびしいみたいな感じになるな。カンさんはそこにいるのにな。

「隣に来ないんですか？」

カンさんがしゃべる。まだ悲しいのかな、となりにいったほうがいいかなってそっちにいく。ぴったりくっついたら、さびしいみたいな感じがなくなる。カンさんは下を向いて、じっとしてる。寝てる息は、してない。

「……無理強いしたみたいで、すみません」

「ジブンも、こっちがいいです」

じわって、つぶれるみたいにカンさんがテーブルにうつ伏せる。片方の手が、頭をガリガリかいてる。

「俺、もう寝ます。音、気にならないんでテレビは見ててください」

カンさんがのっそり立って、ベッドに入る。寝るの早いな。つかれてるのかな。つかれた時は、すぐに寝たいからなぁ。

テレビ、面白いのないな。チャンネルをかえる。いっぱい飛んだり、転んだり、そんな笑えるの、ないかな。

グズッてはなみずをすするみたいな音がした。カンさんが手で目をおおってる。近づいてったら、目のまわりが赤くて、おおってる手のあいだからボロボロ涙が出てた。

「目、痛いですか?」

「……痛くない」

痛くないのに、どうして泣くんだろ。あぁ、そうか。

「悲しいですか?」

「葬式でも泣かなかったんだけどな。ずっと気を張ってたのもあるし。ムラさん見てたら、何か気が緩んだ」

目から涙が出てる。あぁ、カンさん悲しいんだな。お父さんが死んで、悲しいんだな。かわいそうだなぁって、頭をなでた。カンさんの頭は、髪の毛が手のひらのとこでザリザリする。寮にいた犬のまろんよりもザリザリしてる。

カンさんの涙が出なくなって、ヒックヒックしなくなる。だいじょうぶかなって手をはなす。そしたら手首のとこをつかまれた。カンさんがつかんでる。力はあんまり強くない。

「……俺のベッドで寝ませんか」

ベッドはふかふかしてる。カンさんがいない時にいっぺんだけ、ゴロゴロした。ジブンがべッドで寝たら、カンさんはどうするんだろう。

「カンさん、ねぶくろで寝ますか？」

「あ、いや……その、同じベッドって意味で」

カンさんの唇が、ちっさく動いてる。

「ベッド、二人はぎゅうぎゅうです」

そうですね、ってカンさんの手がはなれる。ベッドは小さいのに、カンさんはいっしょに寝たいのかな。ジブン、たまにお母さんといっしょに寝てたな。あれ、どうしてだったかな。

「ジブンに、あまえたいですか？」

カンさんの顔がじわぁって赤くなる。

「嫌なことあったらジブン、お母さんといっしょに寝ました」

カンさんが目をとじる。その顔がかわいいなぁって、ベッドに入った。カンさんがごそごそ壁のほうによる。けどベッドが小さいから、体がくっつく。

「せまいです」

カンさんは「……そうですね」と壁に向かって寝転がって、こっちに背中を向けた。そうしたらちょっとせまいのがましになる。だからジブンも横になってカンさんにくっついた。ふわってカンさんの匂いがする。くっついたとこがあったかい。気持ちいいなぁ。

カンさんが、手をあげて顔のとこに持っていく。うでの内っかわに、丸と三角、月の宇宙が見えた。あぁ、宇宙だ。カンさんの宇宙だ。そこにさわったら、カンさんが「はぁっ」てちっさな息をした。

あったかい、あったかいな。ひざに乗ったネコよりあったかいな。だからお父さんとお母さんも、いっしょに寝てたのかな。気持ちいいもんなぁ。カンさんの近くは、優しくていいな。仲よしだったら、いっしょに寝たらいいな。せまいけど、気持ちいいな。だからお父さんとお母さんは、いつもいっしょに寝てたんだなぁ。いいなぁ、いいなぁって、思ってたら寝てた。……頭のとこがわさわさして、何だろうなって思って、カンさんがジブンにさわってるのかなって、ちょっと気になったけど、眠くて目があかなかった。

……足場が暗かった。明かりがついてない。これじゃよく見えないな。危ないなぁ、体がぐらぐらするなぁってふんばってたら、急に足場がくずれて、落ちた。高いとこから落ちたら死ぬ、死ぬ……。

「うわあああっ」

背中がズンッてする。天井が、ある。知ってる天井だ。

「ムラさん?」

カンさんの顔が、上から見えた。まわりは明るい。足場、ない。どこいった?

「大丈夫ですか、どっかぶつけました?」

落ちたとこ、畳だ。ここはカンさんの部屋だな。自分、現場にいたのに……あ、夢かな?あれ夢だ。なんだぁ。夢でよかった。カンさんがベッドからおりてくる。

「足場、落ちました」

「はっ?」

「夢でした」

「……そりゃ怖かったですね」

「夢でよかったです」

体を起こしたら、背中がじわぁって痛い。ちょっとだけだ。背中に手をまわすけど、届かない。

「やっぱりベッド、せまかったですね」

肩に手がのってる。カンさんの手が、ジブンの肩をなでてる。

「背中、痛いです」

そう言ったら、背中もなでてくれた。近づいたら、ずっとなでてくれる。いいなぁ。うれしいな。なでる手が止まる。頭を上げたら、カンさんがこっちを見てた。

「もうちょっと、寝ますか?」

カンさんが、ベッドのはしのほうにずりずりよってく。朝だけど、もうちょっとくっつきたいなぁって、ベッドに上がった。けどやっぱりせまい。

「落っこちそうです」

「くっついてたら、大丈夫ですよ」

カンさんの声がちっさい。夜みたいにカンさんの背中にくっついた。そしたらカンさんがぐるってこっちを向いた。向かい合わせになる。こっちの向きでもいいけど、カンさんの顔が近い。カンさんの手が、ジブンの顔をさわる。指がほっぺたのとこをさわさわする。

「ほりますか?」

「彫る?」

「さわったら、ほってます」

「あぁ、そうか。けど今は無理かな」

カンさんの手が、ジブンの顔を両方の手のひらでおさえる。顔が近いなぁって見てたら、おでこがこつんとあたった。そのこつんが面白くて「ひひっ」て笑ったら「笑い方、変だな」ってカンさんが言って、またこつん。カンさんは「ははっ」て笑って、ジブンは「ひひっ」。「ひひっ」「ははっ」て笑って、こつんして、そのうち口がぶつかって、ジブンは「ひひっ」て笑ったのに、カンさんは笑わなくって、うつむいた。どうして笑わないのかなぁ、笑えばいいのになって、カンさんが笑うのを待ってた。そのうちに、何か、気になってカンさんの頭にさわってみた。いつも短いカンさんの髪は、ザリザリしてる。気持ちいい。鼻を近づけたら、カンさんの匂いがする。

「何してるんですか？」

「カンさんの匂いがします。ジブン、これ好きです」

いい匂いがして、ベッドはふかふかしてて、また寝た。カンさんも寝てた。お腹が空いたけど、食べるよりベッドでカンさんとくっついてるほうがよかった。


カンさんが帰ってきたら、全部よくなった。ジブンはずっと、寝てるかテレビを見てる。カンさんは、バイトにいって、帰ってきて、ジブンの顔をほる。黒い木に、顔がはっきり見える。もうできたのかなって思ったけど、カンさんはずっとジブンの顔のまわりをほってる。カンさんが木の、ジブンの顔のとこをなでてたら、何かもぞもぞしてくる。ジブンはさわられてないのに、顔がもぞもぞする。変だな。

カンさんが、いっつも近くにいる。寝る前、カンさんは「いっしょに寝ますか?」って言う。ジブンも「はい」ってカンさんのベッドに入る。カンさんはあったかくて、いい匂いがする。カンさんは、家族みたいだ。お母さんとお父さんといっしょにいるのと、同じ感じがする。

朝になってもカンさんが起きないのは、休みの日だ。だからジブンも、いっしょに、起きないで寝てる。けどお腹が空いて、もう寝るのはいいかなってなってたら「昼も過ぎたし、いい加減起きましょうか」ってカンさんが体を起こした。「ちょっとすみません」って自分をまたいでベッドをおりて「カップラーメンでいいですか?」って聞いてきた。

「部屋、寒いな」

カンさんの背中がちょっとブルブルして、上着を着てる。ジブンも、カンさんのいなくなったとこがぽっかりして寒い。

テーブルにカップラーメンをおいて、カンさんが湯を入れる。それが終わったらこっちを見て「出てきませんか?」って手まねきする。

「寒いです」

「暖房入れるほどじゃないですよ?」

「カンさんがいなくて、寒いです」

カンさんが「ははっ」て笑って「出てきてください」って言うから、出た。

「あったかいもの食べたら、あったかくなると思います」

それは、知ってる。現場でも、あったかいのを食べたら、お腹の中からぽかぽかする。テーブルのとこにいって、おはしを持った。カップラーメンは熱くて、ふうふうして食べる。おいしいなぁ。「ごちそうさま」って、空になったカップラーメンの上にカンさんがおはしをおく。それがポロって下に落ちて、床を転がった。体を低くして拾ったカンさんが「んっ?」って肩を動かした。ベッドの下に手を入れる。四角いのを取り出す。四角い本みたいなのを、何回もひっくり返してる。

「……これ、ムラさんのですか?」

カンさんがジブンに見せてくる。受け取って、何だろって見たら、お母さんの顔がある。これ、お母さんのDVDだ。あ、そうだ。お金を払ってなかった。すぐおじちゃんに返さないといけなかったのに忘れてた。警官きてないから、まだだいじょうぶかな? すぐ返そう。明日返そう。ちゃんと見えるとこにないとダメだ。テレビの棚のとこにおく。ここだったら、見えてるから忘れないな。

カンさんが空のカップラーメンを片付けて、向かいに座った。チラチラってテレビのほうを見てる。テレビ、ついてないけどなぁ。

「あれ、何ですか?」

あれはわかんないけど、カンさんが指さしてるとこにあるのはテレビだ。

「テレビです」

「あ、いやさっきのDVDの……」

ああ、そっちか。お母さんのDVDだって言おうとしたけど、けっこんしてるお母さんがお父さんとちがう人とエッチしてるからダメだ。ダメなやつだから「エッチなＤＶＤです」ってだけ教えた。

「買ったんですか？」

「ジブン、買ってません」

あれはお金を払わないで持ってきた。どろぼうかな。カンさんはジブンをどろぼうって思うかな。

「明日、返します」

「借りたんですか？」

「はい」

カンさんがだまる。話、終わったかな。ホッとする。どろぼうは嫌われる。寮でもずっとそうだった。カンさんに嫌われたら嫌だから、どろぼうって言いたくないな。早く返したい。返したらどろぼうじゃないからな。

「見たんですか？」

カンさんが聞いてきた。

「何ですか？」

「あのＤＶＤです」

「見てません」

カンさんが立ち上がって、台所のほうにいく。カンさん、いつもよりウロウロしてるなぁ。台所で水を飲んでから、カンさんが近くに戻ってきた。

「ＤＶＤ、見たいですか？」

これを機械に入れたら見れるのは知ってる。けどジブンは機械を持ってないし、使い方もわからない。

「見れません」

「俺のパソコンで見られますよ。……見たいですか？」

あのＤＶＤが見れる。お母さんが、見れる。ちょっと会いたい。

「ジブン、見たいです」

エッチなビデオなのは嫌だけど、見たい。カンさんはだまってた。やっぱり見れないのかなってがっかりしてたら、立ち上がって赤茶色のカーテンの向こうに入ってった。木をほるのかなって思ってたらすぐに出てきて、テーブルの上にパソコンみたいなのをおいた。あれほんとにパソコンかな。ジブンはこわしそうで怖くってさわれないけど、寮の事務所で使ってる人がいた。

カンさんはたくさんのスイッチの上でパチパチって指を動かして、何かしてる。「ＤＶＤ、貸してください」ってこっちに手をのばしてくる。渡したら、箱から中身を出した。パソコンから引き出しみたいなのが出てきて、カンさんはそこにＤＶＤを入れた。

「ここ、マウスでクリックしたら再生するんで」

「まうすで、くりっく？」

「これのここを、押すだけです」

カンさんが教えてくれる。

「俺、ちょっと買い物にいってきます」

カンさんがいなくなる。いっしょに見るかなって思ったけど、そうじゃなくてよかった。浮気してるお母さんを見られなくてよかった。

教えてもらったところを押したら、ビデオがはじまった。むねのとこがドキドキする。お母さんがいなくなったの、中学だったかな。ジブン、子供だったな。今のジブン、おじちゃんみたいな顔になってきたもんな。

コマーシャルみたいなのがあって、なかなかお母さんが出てこない。出てこないなぁ、いつかなって待ってたら、急にお母さんが出てきて「わぁっ」て声が出た。パソコンの画面にさわる。お母さんだ、お母さんだ。家からいなくなった時と同じだ。

「お母さぁん」

お母さんは、きれいな部屋の台所みたいなとこに立ってる。料理を作ってるのかな？　お母さん、料理しなかったのにな。作るようになったのかな。何作ってるのかな。お母さんの作ったご飯、食べたいな。

ピンポーンってなって、ドアのほうを見た。あれ、変だな。またなった。あ、音がしたの、ビデオからだ。ドアの外で、荷物を持ってるのは宅配の人かな？　そんな感じの帽子をかぶってる。お母さんがドアをあけて、宅配の人が箱を渡す。お母さんがそれを床においた時に、宅配の人がお母さんに飛びかかった。びっくりしてのどがヒッてなる。お母さんを床に押したおして、宅配の人がお母さんのむねをつかんだ。お母さんは『いやっ、いやっ、誰かぁ』って言ってる。

ジブンのむねのとこがドクドクする。お母さんを助けにいかなきゃいけないのに、どうすればいいかわからない。

お母さんの着てる短いスカートの下から、宅配の人が手を入れる。お母さんは『いやっ』てその手をどかそうとする。お母さんが宅配の人をつき飛ばした。宅配の人が後ろ向きに転がって、帽子が飛ぶ。お母さんは立って、奥に走ってく。

「お母さん、逃げて、逃げて」

宅配の人につかまって、お母さんはソファの上に押したおされた。また、スカートの中に手を入れられる。

『おい、濡れてるぞ。本当はこういうのが好きなんだろうが』

宅配の人の声、きいちゃんだ。顔を見たら、やっぱりきいちゃんだ。帽子がなくなって、顔がわかった。どうしてきいちゃん、お母さんに嫌なことしてるんだろう。おかしくれて、優しかったのに。

きいちゃんがお母さんの服を脱がせた。おっぱいが見える。きいちゃんはお母さんのおっぱいをつかんだ。お母さんが『いやあっ』て言う。きいちゃんが、お母さんのおっぱいを吸ってる。赤ちゃんじゃないのに、吸ってる。

きいちゃんはお母さんの足をつかんで、かたくなったちんちんをお母さんの足のあいだに入れた。『あああっ』ってお母さんが後ろに反った。

きいちゃんの腰がゆれて、お母さんもゆれる。ちんちんを入れた股のところがいっぱい映って、ちんちんが出たり入ったりしてるのがぼやっと見える。ぬちょっ、ぬちょって音がしてる。

『あああっ、あああっ、あんっ』

ちんちんが抜けたと思ったら、きいちゃんはお母さんを四つんばいにして、後ろから入れた。お母さんのおっきなおっぱいが、ゆらゆらしてる。お母さんは『いやっ』て言ってたのに、今は『あんっ、あんっ』で『いや』って言わない。

これ、何だろ。どうしてお母さん、エッチしてるんだろ。お母さんは、お父さんがいるのに、どうしてエッチするんだろ。

今度ははだかで横になってるお母さんの顔の上に、きいちゃんがまたがった。ちんちんでピチピチ顔を叩かれたお母さんが、口をあける。そこにきいちゃんのちんちんがずぶって入った。お母さんはちゅぶちゅぶってきいちゃんのちんちんを吸ってる。

お母さん、変な顔になってる。どうしてこんな変な顔してるんだろう。これ嫌だな。見たくないな。どうやって止めたらいいんだろ。

パソコン、さわるのが怖い。こわれたら嫌だ。ビデオ、見えなくすればいいかなって、画面の前にカンさんのまくらをおいた。声は聞こえるけど、見えなくなった。

むねがムカムカして気持ち悪くなる。口から何か出てきそうだ。ここで吐いたら汚すから、ダメだ。トイレにいってふたをあけたのといっしょに、のどのとこが苦しくなった。うつむいて口をあけたら、胃のとこがぐるぐるってなって、食べたラーメンがどぼどぼ便器の中に落ちた。口の中がすっぱくて、くさい。これ、嫌いだ。うんこの臭いよりも嫌いだ。ジブンが吐いたものの臭いで、お腹のとこがひくってなって、また口からどぼぼって出た。

何かくさったもの食べたかな?　ってまた気持ち悪くなって、口から出る。それが何回かあって、しんどいなってなってたら吐くのがましになって、やっとトイレを出た。

台所で水を飲んで座り込む。いっぱい吐いて、つかれた。目をとじたら、ちんちんを吸ってたお母さんの変な顔が、頭の中に出てくる。その顔、嫌だから出てこなくていいのに、出てくる。現場で失敗して、すっごい怒鳴られて、夜になっても怒鳴る声が急に頭の中に出てきて怖くなるみたいに。

お母さんの変な顔は、ムカムカして、頭がもやってして、気持ち悪くなる。どうしたらその顔が出てこなくなるだろ。

目をぎゅってとじた。現場の怒鳴り声は、寝てたら消えた。これも寝てたら消えるかな。台所で横になって、ぎゅっと目をつぶる。目をとじて、なくなったかなって思ったのに、さっき見たビデオが頭の中にちょっとずつ出てくる。「いや」って言ってるお母さん、ザーメンが顔にかかったお母さん、きいちゃんのちんちん吸ってるお母さん。

これ、嫌だな。嫌だ。嫌だ。頭の中、もう出てくるな。嫌だ。嫌だ。どうしたらこれ、出なくなる？　どうしたらこれ、消える？　今すぐなくなれ。

叩いたら、出てかないかな。ぽんって押し出されるみたいに、出ないかな。頭を叩いてみた。もう一回、叩く。痛いけど、出てかない。もう一回、もう一回って叩いてもダメだ。下を向いて、床んとこに頭をぶつけた。ガツッて音がして、頭の中がワンワンする。ワンワンして、お母さんの顔がなくなった。やったって思ったら、また出てきた。もう一回ぶつける。ワンワンする。消えて、出てきて、ぶつけて、ぶつけて、ずっと頭の中をワンワンにする。頭の中から出ていけ。あのお母さんの顔、出ていけ。

ガツッ、ワーン……ガツッ、ワーン……ずっとしてたら、床が赤くなってきた。おでこにさわったら、ちょっとぬるってする。手が赤い。血が出たな。痛いもんな。あ、またお母さんの顔が出てきた。やめたら、出てくる。だから、ガツッてする。頭の中をワーンてする。

ガチャンっておっきな音がした。ドアの音かな。顔を上げたら、カンさんがこっちを見てた。持ってたビニールぶくろを放り出して、走って近づいてくる。

「顔、どうしたんですか」

DVDを見てたら、お母さんが料理をしてた。きいちゃんが出てきて、お母さんに嫌なことして、エッチなことをした。お母さんが、きいちゃんのちんちんを吸ってて、すっごく嫌だった。そしたらいっぱい吐いた。頭の中にお母さんの変な顔が出てくるから……いろんなことがぐっちゃぐちゃになる。嫌なことで頭の中がいっぱいになる。

「いっ、嫌です。ガツッてして、頭がワーンってしたら、お母さんが、消えます」

「はっ？」

また、頭に出てきた。お母さんの顔。嫌だ、嫌だ、なくなれ。なくなって。頭、ワーンてしたら、消える。ちょっとだけど、消える。床に頭を打ちつけた。ワーンってする。そしたらうでを思いきり引っぱられた。

「それ、やめ。マジでヤバいから」

後ろから、だっこされる。頭をガツッてできない。そしたら、出てきた。お母さんの顔。

「嫌、嫌です」

ジブンの声が、嫌がってたお母さんの声に聞こえた。おかしいな。これ、誰の声だろ。頭の中には何にも出てきてない。けど、指先までビリビリするみたいな、ジブンの中にうんこがいっぱいつまってるみたいな、嫌な感じがする。この嫌なもの、頭の中から出したい。

向かいからカンさんがジブンをぎゅっとしてくる。ぎゅっ、ぎゅってしめられる。なんだろ、ちょっとましになる。嫌なのがましになる。

「もっと、ぎゅってしてください」

体が押しつぶされるみたいになる。息をするのが苦しい。けど嫌なのはちょっと遠くなる。ああ、カンさんはすごい。すごいな。

「カンさぁん、カンさぁん」

名前を呼んだら、もっともっと遠くなる。涙が出てきた。ぎゅっ、ぎゅってしてもらって「カンさぁん、カンさぁん」って何回も名前を呼んだ。もやっとしたうんこみたいなのはなくなってないけど、それでいっぱいのパンパンじゃなくなった。

カンさんが「大丈夫ですか？」って言う。

「おでこ、痛いです」

「血が出るぐらいぶつけてますからね」

カンさんの顔が近づいてくる。

「でかい絆創膏《ばんそうこう》、あったかな」

カンさんが、ジブンからはなれてく。それが嫌で、あとにくっついていく。奥の部屋で、カンさんが「イスに座ってください」って言う。座ったら、カンさんはジブンのおでこのとこにバンソーコーをはってくれた。

「もう頭、ぶつけないでください」

髪がわさわさする。カンさんが、ジブンの頭をなでてる。

「何があったんですか」

カンさんの言葉で、またあの嫌なのが出てきそうになる。あぁ嫌だ。あのお母さんを見たこと、なくなればいいのに。

「ジブン、もう見ません」

カンさんの手が、ジブンのほっぺたをなでる。ふうって、息をしてる。

「……よくわかんないけど、あのＤＶＤはムラさんには刺激が強かったんですかね？」

ジブンの顔にある、カンさんの手をぎゅっとにぎった。カンさんがいたら、嫌なのがちょっとになって、おでこのとこがズクズクする……。痛い。

ジブンの星に帰ったら、お母さんがいるな。会いたくないな。けど、会いたいな。ジブンどっちかな。わかんないな。どうすればいいのかな。


きいちゃんが、お母さんの口にちんちんを入れてる。お母さんの顔が変で、嫌だから「やめて」って言っても、きいちゃんはやめない。頭の中がくさってどろどろの野菜でいっぱいになったみたいで、気持ち悪い。逃げたのに、逃げても、逃げても、後ろを向いたら近いとこにお母さんときいちゃんがいる。

「はうっ」

声がした。ジブンの声だ。あぁ、暗い。どうして暗いんだろうな。あっちもこっちも暗い。何にも見えない。むねのとこが、ドキドキしてる。おどろいたあとみたいだな。首のとこがじとっとして、汗かいてる。今の、夢かな。お腹がぐうってなって、口から何か出てきそうだ。ここじゃダメだ。

トイレにいって、吐く。すっぱい臭いが、鼻にツンてする。これ、頭の中から出てきたんじゃないかな。舌んとこですっぱいのがチリチリする。水道の水を口いっぱい入れて、ペッした。ジブン、起きてる。起きてるのに、頭に出てくる。さっきの夢がチラチラする。ああ、嫌だ。嫌だ。頭、かたいとこに、床にガンッてする。頭の中がワーンってして、嫌な夢が消える。出てきそうになったら、ガンッてもっかい、する。ワーン、ワーン。

「……んっ」

カンさんの声だ。起きたかな。あ、音……ガンッてするの、うるさかったかな。夜に、寝てるのに、音がしたら、迷惑だな。

「ムラさん?」

カンさんが、呼んでる。近くにいったら、カンさんは手で目のとこをゴシゴシしてた。

「なんか、変な音がして……」

「ごめんなさい」

あぁ、また頭の中に出てきた。けど頭をガンッてしたらうるさい。夜に、うるさいのはダメだ。

カンさんの手が、ふとんから出てる。その手をつかんで、ジブンの頭に当ててみた。その手が、ちょっと動いてジブンの髪をゆるくにぎるみたいにわさわさする。

「……どうしたんですか？」

「嫌でした」

「嫌？」

お母さんときいちゃん。気持ち悪い夢が、頭の中に出てくる。だから……。

「夢が、嫌でした」

カンさんは「ふうん」ってちっさい声でしゃべってから「もう同じ夢は見ないんじゃないかな」ってちょっとふとんをめくって、どうぞみたいにした。

「はい。見ないのがいいです」

ベッドの中に入る。せまくて、きつきつだ。横になったカンさんの背中にしがみついてぎゅってする。あったかくて、カンさんの匂いがする。カンさんだ、カンさんだ。嫌な夢がどっかにいく。

「ムラさん、わりと甘える人ですね」

カンさんの声が、小さくって低い。夜にお話しする声だ。

「ジブン、あまえてますか？」

自覚なしか、ってカンさんが笑う。くっついてるから、カンさんが笑って、ビクビクしてるのがわかる。

「……最初に会った時は、めっちゃ前衛的で、個が際立ってるのに目が虚無ってて、この人は何を考えてるんだろうって思ったのにな」

『ぜんえてき』って何だろなって考えてたら、次から次にどんどん言葉が出てきて、声がしてるなってだけになる。あ、でも目、目はわかった。ジブン、目はいい。メガネがなくても見える。うらやましいってみんな言う。

「浮世離れしてる感じで」

『うきよばなれ』はたまに聞くな。それ、なんだっけな。カンさんのしゃべってる声を聞くのは好きだな。

「俺も浮世離れしてるってよく言われるけど、ムラさんはそれ以上っていうか」

ちょっとあいだをおいてから「生きづらそうだなって」と聞こえた。

「ジブン、生きづらいですか？」

「ムラさんのことだから、俺にはわからないんですけどね」

生きづらい？　ジブンは生きてる。ご飯を食べてる。寝てる。カンさんの部屋は楽だ。つらくない。

「……あぁ、しゃべってると、寝れないですね」

「寝たくないです。夢、嫌です」

また、ビクビクしてる。カンさんが笑ってる。

「夢が怖いから寝ないんですか？　子供みたいですね」

「ジブン、大人です」

「あぁ、すみません。大人でも嫌な夢は嫌ですよね」

カンさんがしゃべらなくなった。しずかだ。ずっとしゃべってたらいいのに、眠るのかな。

ぎゅっとしてるカンさんのわきの下を指でこしょこしょしたら、「ふはっ」て言ってカンさんの体がばたばた動いた。

「ちょ、くすぐるのはなし」

「ごめんなさい」

寝てる人をくすぐったら、ダメだ。寝るのをじゃましちゃダメだ。ちゃんとジブン、知ってたのにな。

「カンさんが寝たら、嫌です。笑って、しゃべってほしいです」

そしたら、あの嫌な夢が頭に来ない。カンさんの手が、ジブンの手の上にきた。遠くのたき火みたいに、じわって熱がする。

「そういうのが、甘えてるって言うんだけど」

くっついて、そばでカンさんの声を聞く。これがあまえてるなのかぁ。

「ジブン、カンさんにあまえたいです」

「じゃ、甘えていいんで、寝てください」

あまえて寝るってどんなんだろうな。ちょっと頭の中が嫌な感じになって、カンさんをぎゅってした。カンさんがあったかくて、ちょっと嫌な感じがなくなった。カンさんがいたら、だいじょうぶだ。カンさんは優しい。嫌なのはちっさくなった。あぁ、頭をガツンしなくても、なくなりそうだ。やっぱりカンさんはいいな。嫌な感じのたんびにカンさんをぎゅっ、ぎゅってしてたら、知らないうちに寝て、朝になってた。

夜はカンさんといっしょに寝る。カンさんの匂いは覚えた。カンさんの匂いがしたら、嫌なのはちっさくなる。朝ご飯を食べたあとも、カンさんはいる。出かけない。水曜日はバイトが休みで、この前も休みだったけど、もう水曜日になったのかなって「休みですか？」って聞いた。

「んっ、今日ですか？　昨日も言ったけど、今日、明日は臨時休業です」

あぁ、じゃあ休みなのか。

「店の入っているビルが水回りの改修工事をするんで」

水回りの工事か。水回りの現場、いったな。どこに水道管があるかわからなくて、ここだろってユンボがほってたらぴゅーって水が出た。水道管に穴があいたって大さわぎになったな。

昼ご飯を食べてテレビを見てたら「ムラさん、見たい番組がありますか？」ってカンさんが聞いてきた。

好きな番組は夜やってる。昼の番組は、チャンネルをかえて面白そうなのを見てる。

「出かけるんですけど、ムラさんもいっしょにいきませんか？」

店が休みなのに出かけるのか。カンさんは別のとこで働くのかな？　働き者だな。ジブンも働いたほうがいいかな。ずっとお金をかせいでないからな。現場いくにはおそいけど、それでもいいってとこがあるのかな？

「どこにいきますか？」

「展示会です。帰りに外でメシ食ってもいいかなって」

『てんじかい』ってどこだろうな？　知らないけどカンさんがいっしょならいいか。

「はい、いきます」

「じゃ今から出てもいいですか？」

「はい」

カンさんは「上だけ着替えるんで」って赤茶色のカーテンの向こうにいった。出てきたら、白いTシャツが青いTシャツになって、黒い上着を着てた。カンさんが「これ」ってジブンに何か渡してきた。みどり色の上着だ。

「外、寒いと思うんで、これ貸します」

「ありがとうございます」

みどり色の上着、きれいだな。これ汚さないかな。現場で汚したら、ダメだな。

「やっぱりいいです」

カンさんに返した。

「えっ、けど外は寒いですよ」

「汚したら、ダメです」

「別にいいですよ。古くて着てなかったし」

古い服はいいのかな？

「あぁ、そうだ。その服、ムラさんにあげますよ」

服をくれるのか。古くていらない服は、もらってもよかったな。この服、きれいだけどいらないんだな。

「じゃあもらいます。ありがとうございます」

もらった服は大きかったり小さかったりだけど、カンさんの上着はちょうどいい。部屋を出たら、カンさんはガチャガチャってカギをかけた。

どこにいくって言ってたかな？　えっと……て、て、てん……なんだっけ。テンマビルかな。ビルの解体の時にいったな。あれ、夜だったな。歩いていけるのかな？　わからないけど、カンさんについていったらいいからな。ジブンは言われたことをしてたらいいかな。あぁ、楽だな。カンさんはジブンが失敗しても、怒らないんだろうな。優しいからな。怒った声、怖い声、聞いたことないもんなぁ。

カンさんは、ゆっくりと歩く。坊主頭の後ろについていく。道の横に、だいだい色がチラチラする。花が咲いてる。コスモスかな？　あれ、コスモスはピンクだったかな？　だいだいのコスモスもあるのかな。花を見てたら、黒い上着で坊主頭のカンさんがちっちゃくなってて、急いで追いかけた。

カンさんが前にいたら、いいな。ホッとする。前はお父さんがいて、ジブンの前を歩いてて、後ろについてったらよかった。お父さんは、ジブンの星で何をしてるかな。浮気したお母さんのこと、怒ってないかな。お父さん優しいから、お母さんがあやまったら許してくれそうだな。

駅にきて、カンさんが「はいこれ」ってきっぷをくれた。電車に乗るのかな。乗るの、久しぶりだな。これ、どうしたらよかったっけってきっぷを曲げてたら、カンさんがそれを機械に入れて、ゲートを通った。改札の向こうでカンさんがふり返って、こっちを見てる。

「ムラさん、こっち」

カンさんのマネをしてきっぷを機械に入れる。ゲートがあいて、通れた。よかったって思ってたら、ビーッて音がした。

「切符、取り忘れてる」

カンさんの声がおっきい。忘れる？　ってポケットの中を見てたら、カンさんが戻ってきて、機械から出てたきっぷを取って渡してくれた。

「うっかりですね」

そうだ。通ったら、きっぷを取らないといけなかった。ジブン、ちょっと失敗したな。けどまぁ、いいか。電車の中は人があんまりいなくて、すかすかしてるイスに座る。電車はガタン、ガタンゆれる。きっぷの買い方がよくわからないから、電車にあんまり乗らないけど、お父さんと乗ったな。ガタン、ガタン……電車の音はいいな。優しい、機械の音だ。窓の外が、どんどん動いてく。「次、降りるんで」ってカンさんが立った。ジブンも立ったら電車がぐらぐらした。よろけてたら、うでをガッてつかまれた。

「大丈夫ですか？」

電車のドアがあいて、カンさんは「降りますね」ってジブンのうでをつかんだまま歩く。人が出口のところでぎゅうぎゅうになってる。そこを抜けたら、ちょっと楽になる。つかんでたうでがふわってはなれた。ここの駅は、人が多い、多いな。「こっちです」ってカンさんがすいすい歩く。どんな仕事かな、楽だったらいいな。ここ、まだ駅の中かな。土はないのに、ほこりっぽい。いろんな人が歩いてる。おじいちゃん、おばあちゃん、スーツの人、女の人、いっぱいいるけど、土工みたいなおっちゃんはいないない。

今度のとこはきっぷを入れてゲートを通ったら、きっぷは出てこなかった。まだかなって待ってたらカンさんが「いきますよ」って言うから、そのままにして追いかけた。きっぷが出たり、出なかったり、よくわかんないな。階段を上ったら、外へ出た。車が走ってる。道を歩いてたら、防音シートでかこわれたとこがあって、中でガガッて音がしてた。工事、やってるな。こういうとこで働くのかな。

カンさんの足が止まった。ガラス張りのドアの前。このドア、扱いが大変なやつだ。壁の窓もおっきくて、中がいっぱい見える。お店かな。何のお店だろ。

「ここです」

カンさんが店の中に入る。なんとなく怖い感じがするけど、外に一人でいるのも嫌だから、カンさんのあとについてく。

仕切りも柱もなくて、がらんとしてる部屋だ。壁に黒っぽい絵がかざってあるな。カンさんが「展示してる作品に、さわっちゃダメですよ」って耳の近いとこでこそって言ってきた。息、くすぐったいな。

「ここはさわったら、怒られるんで」

怒られるで、ちょっと怖くなった。

「怒られますか？」

「たぶん」

怖いなって思ってたら、カンさんは壁の絵に近づいてった。ジブンもカンさんにくっついて、絵を見た。白い紙に、黒い絵。これ、何かな？

よくわかんないけど、宇宙かな？　カンさんの宇宙に似てるな。もっと近づいて、見てみる。カンさんの宇宙はぐううって、中に入っていけそうだけど、こっちの宇宙はちょっとちがう。ざわざわしてるな。何だろ……さっき歩いてきた駅の、人がいっぱいいるとこみたいだな。

カンさんがとなりの絵を見てる。あぁこっちもそうだ。どの絵も、何だろな……背中んとこがモゾモゾするな。カンさんは一つずつ、ゆっくり絵を見てる。面白いのかな？　ジブンはつまんないいな。

壁のはしのほうに机とイスがある。誰もいなかったから、イスに座った。絵を見てる人を見る。土工みたいなおっちゃんはいないいな。みんな、きれいな服を着てる。あぁ、タバコ吸いたいなぁ。

「あのう、すみません」

女の人が、黒い服を着た髪の長いお姉ちゃんが、ジブンに声をかけてきた。

「そのイス、今から使用しますので……」

使うんだ。ここ、ジブンが座っちゃダメだったのかな。

「あ、はい。すみません」

立ってからふうって息をつく。

「ここ、休憩できるイスがなくてすみません」

お姉ちゃんの後ろにいたお兄ちゃんがしゃべって、頭を下げる。どうしてこのお兄ちゃんがジブンにあやまってるのかなってふっと机の上を見たら、ハガキがいっぱいあった。黒い絵が印刷してある。何かこれ、見たことあるな。どこで見たんだったかな。うーん、思い出せないなぁ。

「あの、よかったら、どうぞ」

お姉ちゃんが、ジブンにハガキを一枚、くれた。

「ありがとうございます」

もらったハガキを、顔に近づける。やっぱり見たことある気がするなぁ。どこでだったかな。

「その作品、気になりますか?」

お兄ちゃんの声がした。

「はい」

「あちらのほうに、展示してあるんですよ」

お兄ちゃんが「こっちです」って歩いてく。何かジブンを呼んでるみたいだから、ついていく。

「これです」

お兄ちゃんが、絵の前に立った。ハガキを見たら、絵とおんなじ。ハガキの絵が、おっきくなってそこにある。

「おんなじだ」

そしたらお兄ちゃんが「おんなじですよ」ってくり返す。あぁ、この絵もさっきの絵といっしょで、ざわざわ、ざわざわってしてる。

この部屋、まわりにゴミも何にも落ちてなくて、きれいだな。どうしてこんなにきれいなんだろうな。この絵もおんなじだなあ。となりのお兄ちゃんも、じっと絵を見てる。

「この絵、好きですか？」

お兄ちゃんは「僕が？」って言う。

「はい」

「個展のメインでもあるから、気に入ってます」

「よかったです」

お兄ちゃんが「はぁ」ってため息みたいに言って、それから「ふふっ」て笑った。どうして笑ってんだろうな。

「ムラさん」

カンさんが呼んでる。となりのお兄ちゃんもそっちを向いて「えっ」て背中がのびた。

「三和《さんわ》じゃん」

お兄ちゃんがうれしそうな声になる。カンさんは一回止まって、それからゆっくりこっちに近づいてきた。

「久しぶりだなぁ。きてくれたんだ。声、かけてくれればいいのに」

お兄ちゃんが、カンさんの肩に手をおいてる。仲がいいのかな。カンさんが、ちらっとこっちを見た。

「何？　この人ってお前の知り合い？」

「そう」

お兄ちゃんは「ははっ」て笑った。

「三和って昔っから謎系の人種だったからな。知り合いって聞いて納得だわ。今も彫ってるだろ。やっぱり海溝のシリーズなの？」

カンさんがちょっとだまってから「海溝と根底は同じだけど、今は人を彫ってる」って返事をしてた。

「へえ意外。お前、人物苦手って言ってただろ」

お兄ちゃんがふり返った。誰かに呼ばれてるみたいだ。

「今日はきてくれてありがとな。また連絡するわ」

お兄ちゃんがイスと机のほうにいって、カンさんはふって息をついた。肩がちょっと下がる。

「帰りましょうか」

「はい」

「あ、もうちょっと見ていきたいですか？」

「ジブン、いいです」

じゃあ、ってカンさんが店を出た。きた道を戻って、きっぷを買って、電車に乗る。電車は空いてて、カンさんがイスに座って、ジブンもとなりに座った。

「あっ」

カンさんが声をあげる。

「ラーメン食うの、忘れてた」

時間も早いし、帰ってからでもいいか、ってカンさんが頭をかく。これ、帰ってるのかな？そういやジブン、あの店にしかいってないな。

「働かないですか？」

「働きませんよ。今日は休みなんで」

働かないでいいのか。じゃあどうしてカンさんは、あそこにいったんだろうな。まぁ、どうでもいいか。

ガタン、ガタンって電車がゆれてる。人も、ゆれる。ゆさ、ゆさ、面白いな。

「海」

カンさんがしゃべる。

「海、いってみませんか」

海、海か。海は、お父さんとお母さんといったな。

「はい」

カンさんは目をとじた。眠いのかな。ガタン、ガタン、ガタン、ゆれて、ゆれて…………ゆれて、ちょっとジブンも眠いなぁ。……ぽんぽんって肩を叩かれる。あ、寝てた。

「乗り換えです」

あくびしながら、カンさんのあとについてく。電車をおりて、ちがう電車に乗る。ちょっとこんでたけど座れた。こっちの電車でもすぐに眠くなって、ザワザワして目がさめた。人がたくさん電車からおりてる。

「もうすぐ降ります。よく寝ますね」

「ガタンガタンしたら、眠いです」

「まぁ、そうですね。あれ、どうしてなのかな」

次の駅は、さっきの駅とちがってちょっとしか人がおりなかった。カンさんがジブンのきっぷを持って「不足分を精算します」って何かして、またきっぷを渡してくれた。それでゲートから出た。

長い渡りろうかを通って、階段を下りたら、海があった。目の前に、ある。あぁ、ここは海がよく見えるなぁ。手すりのとこまで近づいた。海に砂はなくて、手すりの下はコンクリで固められてる。

カンさんは、階段のとこに座る。ジブンも横に座った。空が、青いなぁ。海も、青いなぁ。遠いとこが、キラキラって光っててきれいだな。塩っからくて、しめっぽい匂いがするな。海の匂いだな。海はいいなぁ。

カサカサって音がして、白いビニールぶくろが横から飛んできた。カサカサ、カサカサって、あっちこっちにいって、そのうちふわって上がって、手すりの向こうの海に飛んでった。

「あっ」

カンさんの、ちっさな声。海の上に落ちたビニールは、もう飛ばなくなった。どうしてだろな。海につかまったみたいだな。

「嫌な感じだ」

カンさんがひざの上にあごをくっつけた。

「どうしてですか?」

「海に、ゴミが落ちたから」

ジブンは、嫌な感じはしないなぁ。けど海にぷかぷかういてる白いビニールぶくろは、ちょっとさびしそうかな。

自転車のおじちゃんが前を走っていった。ジャージで歩いてるお姉ちゃんもいる。土工みたいなおっちゃんは、通らないな。風が吹いてる。風、しめっぽいな。

「退屈じゃないですか？」

カンさんの声がした。

「たいくつじゃないです」

「そうですか」

「面白いです」

おっきな犬を連れたお兄ちゃんが、歩いてく。毛が長くて、金色で、ふさふさしてる。

「何が面白いですか？」

カンさんが、聞いてきた。

「あの犬、毛がいいです」

カンさんは、犬をじっと見てた。犬とお兄ちゃんがいなくなったら、顔が前を向いた。

「……さっきの展示会、海がテーマだそうです」

「てんじかい？」

「版画、たくさん展示されてましたよね」

たくさんあったのは、絵だ。

「あの絵は、ざわざわしました」

「ざわざわって？」

「どの絵も、人がいっぱいいる時みたいな感じでした」

カンさんは「ムラさんやっぱ独特だな」って笑ってた。

「あれは、すごいと思います。俺もモチーフは似てるけど、全然違う」

カンさんが、すごいっていうなら、あの絵はすごかったのかな。何がすごいのか、ジブンはわからないけど。

「ムラさんがいっしょにきてくれて、よかったです」

ジブンはカンさんについてって、絵を見ただけだ。けどカンさんはジブンがいっしょでよかったって言う。よかったたってことは、いいってことだ。

「……すごく好きな作家がいて」

カンさんの口が動いてる。

「作品を見てたら、音楽が聞こえてきた」

「それで、何ですか？」

「それだけです。平面で、音が鳴らせるのかって、それだけ」

カンさんの言ってること、よくわかんないな。

「カンさんの絵は、宇宙です」

そう、ってちっさい声が聞こえる。

「中に、入っていきたいです」

宇宙にいきたい。ジブンの星にいきたい。ジブンの星に帰りたいって、ちょっと忘れてたな。どうしてだろうな。お母さんが、何か嫌だからかな。

カンさんが、じっと海を見てる。ジブンも見てみる。お父さんとお母さんといったのは、砂の海だ。カンさんに会ったのも、海だったかな？　お父さんとお母さんはいないけど、カンさんがいる。カンさん、ジブンの家族みたいだなぁ。

「俺はずっと海溝をテーマに彫ってました。あんまり海っぽくないって言われるけど。光の届かない深い海の底に、どれだけのものが堆積してるのかって、底知れない感じに惹《ひ》かれてます。けど実際を見たことはない。見たことがないから、どういう形を想像しようと、自由です。俺はムラさんはよくわからない、海溝みたいだなって思ったんです」

　波が、ザワザワしてきた。風が強いなぁ。何かしゃべってたカンさんが、手をにぎったり、ひらいたりしてる。

「たまに、無性に海が見たくなります。陸地と海の境目は、俺にとって海の底から続いてる触手の先端なんです」

　海が見たくなるのは、わかる。ジブンも海が好きだ。海は、優しい。優しい感じがするからかな。

「寒くなってきましたね」

　カンさんが手をぱーにした時に、手をにぎってみた。カンさんが、ジブンの手をじっと見てる。

「カンさんの手、冷たいです」

「寒いんで」

「こうしたら、あったかいです」

「ま、確かに」

ずっと手をにぎってる。手はあったかい。空を見る。風が、寒いのが吹いてる。ザワザワ音がする。黒いジャージの人が、走ってる。空がじわぁって、だいだい色になってきた。カンさんの顔もだいだい色になる。

「お腹空きました」

カンさんが「ははっ」て笑って「ラーメン食べにいきますか」って立った。手がちょっと寒くなる。

「手、はなれたら、さびしいですね」

カンさんは「そうですね」ってちっさい息をするみたいにしゃべってた。

電車に乗って、駅でおりてすぐのラーメン屋に入った。カンさんが自販機みたいなので券を買ってて「ジブン、お金がありません」って言ったら「おごりますよ」って笑ってた。

「どれがいいですか？」

聞かれてもわからないから「おんなじので」っておねがいする。横に並んで座って、ラーメンが来るのを待つ。お店のラーメンは、何回か食べたことある。お店の中は、お兄ちゃんとか、スーツの人とか、土工みたいなおっちゃんがいる。

あぁ、ジブンはずっとカンさんにお金を払ってないな。お金、たくさん借金になってるなぁ。

「ジブン、働いてお金を返します」

前を見てたカンさんが、こっちを向いた。

「食費のことですか？　払わなくてもいいですよ」

「ジブンの食べるものは、払います」

カンさんが「ムラさんは律儀だな」って下を向いた。

「たいした金額じゃないし」

「カンさんのお金です」

それはまあ、確かに。ってカンさんはふうって息をした。ラーメンがジブンの前に来る。あつあつの時のゆげが出て、いい匂いが鼻のとこにぶわってくる。

「うまそ」

カンさんがずるずるってラーメンを食べる。ジブンも食べる。あ、すごくおいしい。あつあつでおいしいな。

「カンさん、おいしいです」

「よかったです」

頭の中がおいしいでいっぱいになって、食べたら、あっという間になくなった。カンさんが汁をすすってたから、ジブンもすする。お腹がいっぱいになって外へ出た。ほかほかで、お腹がいっぱいで、ちょっと冷たい風が気持ちいいなぁ。

「幸せですね」

カンさんがこっちを向いて、ジブンを見てる。

「たまに、ラーメン食いにきましょうか」

「次はジブン、お金払います」

「いいですよ。ムラさんのぶんの食費とか、本当にたいしたことないんで」

「でも、借金です」

横に並んで歩く。おじちゃんが、道のはしに座り込んで何かを飲んでる。今日いったとこの駅、おっきな駅は、人が多くてざわざわしてたのに、地べたに座ってるおじちゃんはいなかったな。

「ムラさん、動物を飼ったことありますか？」

「かってません」

お父さんとお母さんと住んでたアパートは、動物かっちゃいけなかったからな。……いや、かってたかも。学校に何かいた。教室の後ろで、カサカサ……あぁ、ハムスターだ。みんなでお世話してて、ジブンはお世話を忘れて怒られたな。

「俺の実家は、ネコを飼ってました。妹が拾ってきて」

「ネコ、かわいいです」

センターの近くで寝てたら、近くのおじちゃんのとこにネコが集まってた。ネコがにゃあにゃあないて、おじちゃんがエサをあげてた。かわいかったな。

「彼らの自由を拘束するかわりに、身の安全と食事を保証するんです。そして自分たちは彼らに、一方的に癒やしを求める。彼らの意思を確認する機会は、永遠にない。そのシステムに気づいた時に、グロテスクだなって感じました」

カンさんはゆっくりしゃべるけど、長いとあとのほうがぐちゃぁってなる。自由とか安全はわかった。……現場のことかな。

「滑稽だなって思ったのは、自分たちは愛しても、彼らには愛さない自由があるってことです。彼らは、愛することを求められない」

カンさんの話してることはわかんないけど、愛って言葉はたくさんあるな。

「何か変なこと言いました。すみません」

ジブン怒ってないのに、どうしてあやまるのかなって思いながら歩いてたら、アパートに帰ってきてた。カンさんがお風呂に入る。ジブンはベッドにごろんってする。海も、ラーメンも楽しかったなぁ。いい日だ。

髪の毛がさわさわして、目をあけたらカンさんの手が自分の頭をさわってた。

「風呂、入ったほうがいいです」

カンさんの声が聞こえる。

「潮風のせいで、髪がベタベタしてるんで」

自分で頭をさわって、ベタベタしてるのかわからないけど、カンさんが風呂に入ったほうがいいって言うから、起きた。服を脱いで、首からかけてるカギを外す。ぜったいなくしちゃダメだから、忘れないように、着がえの上におく。カンさんがいるからだいじょうぶだけど、これがないと帰れないって心配になる。

「あれっ」

ビニールに入れてある、カンさんちの住所が書いてる、よれてぐしゃぐしゃになったハガキを出す。それを広げたら、昼に見た絵みたいなのがあった。おんなじかな。これ、おんなじハガキかな。あぁ、だから気になったんだな。そっかぁ。

夢に、お母さんときいちゃんが出てきた。またあの変な顔をしてて、嫌だった。嫌だ、嫌だって思ってたら、目がさめた。頭の中がすごく嫌で、となりのカンさんにくっついて、ぎゅってした。カンさんの匂いがしたらましになる。頭ん中から、なくなれ。なくなれ。

眠そうな声が「んっ……何ですか？」って耳の近くで言ってる。

「頭が、嫌です」

「頭？　頭が痛いんですか？」

どうなんだろ。これも痛いのうちかな。

「はい」

カンさんがこっちを向いて、明かりをつける。カンさんの手がジブンの頭の横のとこを押さえて、おでこのとこにおでこをくっつけて「熱はないみたいですね」って言う。あぁ、耳の近くの、カンさんの声がいい。

「お歌を歌ってください」

カンさんが「はっ」って言う。

「頭の嫌なのが、なくなります」

「歌……ですか」

「嫌な夢は、嫌です」

「嫌な夢を見たんですか？」

「はい」

「嫌な夢の余韻を、俺の下手な歌で紛らわそうと」

『よいん』は知らないけど「そうです」って返事をする。カンさんが「ははっ」て笑って、笑ってるのを聞いたら、嫌なのがちょっとなくなってきた。

「笑っててもいいです」

「歌うか笑うの二択か、厳しいな」

何がいいだろうなあ、ってカンさんの声がして、歌が聞こえてくる。

「まいごのまいごのこねこちゃん……」

あぁ、知ってる。知ってる歌だ。お母さんの歌だ。次は、あなたのおうちはどこですか、だ。ニャンニャンニャンニャーン。いいなぁ、いいなぁって思ってたら、なんだか眠くなって、寝た。

朝に起きて、ご飯を食べてたら「俺の歌には、睡眠効果がありますか？」ってカンさんが笑いながら聞いてきた。

「歌い始めて、一分もしないうちに寝落ちしてましたよ」

夜中の嫌な夢が頭にちらっと出てきた。けどそんなギチギチなことにならなくって、よかった。カンさんはバイトにいって、ジブンはテレビを見てた。おしっこしたくなってトイレにいったら、むねのとこがぞわってした。何だろなって思ったら、トイレの床にチャリンってカギが落ちた。ビニールで作ったヒモがちぎれた。新しいのにしないとな。ゴミ箱から拾ったコンビニのビニールぶくろを切って、よって、ヒモにする。ちょっと弱いかな。セロハンテープが欲しいなってさがしてたら、それを見つけた。お母さんのＤＶＤだ。頭の中に嫌なのが出てきて、それよりも怖いってのがおっきくなった。これ、返さないといけない。忘れてた。すぐ返そう。持ってたらジブン、どろぼうだ。警官につかまるのは嫌だ。

DVDをつかんで、外へ出る。センターのとこまでいったけど、どこでお店をやってたかわからない。近くを歩いてたおっちゃんに「道の上のお店は、どこですか」って聞いた。

おっちゃんは「あぁ、この時間やったらもう終わってるわ」って奥歯をカチカチならした。道の上のお店は、コンビニみたいに一日中やってないのか。そうか。

「いつ、やってますか?」

おっちゃんが、ジブンの持ってるDVDを見てる。

「そやな、エロいやつやったら夜中から明け方ちゃうか」

そういやあのおじちゃんがお店をやってたのは、センターいくぐらいの朝だった。お店はないから、しかたないから、帰る。DVD、持ってるの嫌だな。近いとこにあるだけで、頭が嫌な感じになる。これを返したら、きっとこの嫌なのもなくなる。警官にもつかまらない。早くそうしたいな。


おしっこしたくて起きたら、暗かった。うんこも出そうで、出そうで出なくて、ふーんふーんってお腹に力を入れたら、うんこは出たけど、お尻がピリッてした。ふいたらいっぱい血がついた。かたいうんこをしたら、お尻から血が出る。これ、嫌だなぁ。

トイレから出ても、暗い。これ、夜だな。夜……夜……道の上のお店、あいてるかな。暗い明かりにしてズボンをはいて、外が寒そうだからカンさんにもらったみどり色の上着を着た。返したいDVDをさがしてごそごそしてたら「ムラさん?」ってカンさんの声がした。

「何してんですか?」

「外、いきます」

「今から?」

「はい」

カンさんが何かしゃべってたけど、DVDをビニールぶくろに入れて「いってきます」って外へ出た。暗いと、道の感じが変わってるな。でもいき方になれてるから、ちゃんとセンターのとこまできた。どこでお店をやってるのかわからない。ちょっと歩いても、お店はない。そしたらお兄ちゃんがいて「道の上のお店はどこですか?」って聞いたら、何にも言わないで、街灯のあるほうにあごをしゃくった。

そっちに歩いてったら、あった。暗いとこに、ぽつぽつ人が座ってる。あのおじちゃん、いるかな。エッチな本とDVDを並べてるとこで、売ってる人の顔を見る。わかんないな。顔、覚えてないからわかんない。どうしようかな。

エッチなDVDをおいてるお店で、売ってるものにライトを当ててるとこがあった。エッチなお母さんは嫌だけど、お母さんかなってチラチラって見てたら「それ、二枚で五百円」って向かいであぐらをかいてるおじちゃんがしゃべった。

「いい感じに抜けんで」

おじちゃんはくへって笑った。笑い方が、きいちゃんだ。

「俺な、昔男優やってたんやで。木戸マグナムって芸名で……」

「ジブン、返します」

おじちゃんの顔の前に、ビニールぶくろを出した。

「んっ、何や？」

おじちゃんはそうっとふくろを受け取って、中をのぞき込んだ。それからこっちを見る。

「……お前、この前の奴か」

おじちゃんは顔を横に向けて、チッて舌打ちする。

「ジブン、返しました。どろぼうじゃありません」

おじちゃんはふくろからＤＶＤを出して、並べてるとこにおいた。あれ、売るのかな。買った人は、あのお母さんを見るのかな。むねのとこがもやってする。

「お母さんのはだか、嫌です。お母さんはお父さんと、けっこんしてます。他の人とエッチしちゃいけません」

おじちゃんがプハーッとタバコの煙を吐き出す。好きな匂いなのに、どうしてだろな、今は好きじゃない。

「嫌言うても、はるかは股ガバガバ開いて金もろてたんやしなぁ」

はるかは、お母さんの名前だ。がばがばは、よくわからないけど、いい言葉じゃない感じがする。

「……がばがば、何ですか？」

おじちゃんは「くはーっ」て頭に手をおいた。これ、笑ってんのかな。

「エロ穴になぁ、チン棒がずぶずぶってことや」

おじちゃんは、片方の手をにぎってわっかにして、そこに指をつっ込んだり出したり何回も何回もした。それが、お母さんの口にちんちんが出たり入ったりしてたのと同じに見えて、頭の中が嫌なもんでモヤモヤしてくる。

おじちゃんが目ぇを細くして、じっとこっちを見てる。「お前も母ちゃんと同じか」って言う。

「はるかはなぁ、美人やし何でも言うこと聞くから重宝してたんや」

お母さんがちょうちょしてたって言う。人がちょうちょになれるのかな？　お母さんは黄色いスカートだから、黄色いちょうちょかな。

「あっさり死んじまったけどな」

ふうっておじちゃんが息をする。死、死が出てくる。死。誰が、死んだんだろう。

「お前の母ちゃんはご愁傷さんや。親父さんにもそう言うとけ」

ごしゅうしょうさんは、よく聞く。かわいそうで、さびしいってことだ。

「お母さんは、かわいそうですか？」

「死んだだけで、別にかわいそうではないやろ」

また死だ。体の中が、急に冷たい感じになる。

「死んだの、ないです」

「お前、耳ついとんのか？　お前の母ちゃんは、死んだ言うてんのや」

体がふるえる。このおじちゃんも嫌なことを言う。お母さんは死んでない。宇宙人だから、ジブンの星にいってる。

「おっ、お母さんは死にません」

「はるかはな、車にパーンはねられたんや。ま、シャブでおかしなっとったしな」

シャブは、ダメだ。クスリはダメだ。お父さんが、ダメって言った。現場で、シャブ中って言われてたおっちゃんは、仕事してる時に「わーっ」ておっきな声を出して、いなくなった。わーって、わーって。ジブンの頭の中が、嫌なものでいっぱいになる。

「死んだんをそのままにもできへんし、ずっと家に帰りたい言うとったから、お前んちにいったら誰もおらんくなってるしな。しゃーないから俺が内縁の夫ってことで火葬したったわ」

「お、お母さんは死にません。ジブンの星にいってます」

おじちゃんはちょっとだまってから「はははは」て大声で笑って、両手を上にあげた。

「そやそや。どっかいい星に連れてったるって与太話、あの女、本気で信じとったなぁ」

よたばなしは、現場のおっちゃんが言ってた。あいつのよたばなしは、信じるなって。あぁ、うそってことだ。うそ？　何がうそなんだろ。うそは嫌だ。

あぁ、しまった。どうしよう。ジブンの星のこと、お母さんは誰にも言っちゃいけないって言ったのに、おじちゃんに話しちゃった。

「俺はなぁ、はるかは幸せやったと思うで」

おじちゃんは、お母さんのＤＶＤを指さした。お母さんが、幸せ？　幸せは、笑ってるんじゃないかな。お母さん、嫌っ、嫌って言って、泣いてた。

「一日中家の中にいて、つまんなそうにしてたやろ」

お母さんは、つまんなかったのかな。いっつもテレビを見てた。笑ってた。

「せやから外へ連れてって、働かせてやったんや。俺はな、お前の母ちゃんの自立を手助けしてやったんやで」

おじちゃんはくへって笑った。

「女はうらやましいわ。脱いだらなんぼでも稼げる。エッチして、気持ちようしてもろて、金までもらえるんやで。それでうまいもん食えるし、ほんまええことずくめやな」

お母さんはジブンの星で、きいちゃんとエッチしたのかな。きいちゃんも向こうにいってたのかな。

あぁ、ジブンの星のことをしゃべっちゃったから、もうジブンにむかえは来ないかな。宇宙人だけど、ダメかな。お母さんは嫌って言ってエッチしてた。ジブンの星はいいところじゃないのかな。きいちゃんとエッチして、ジブンの星にいて、お父さんに怒られないかな。

「はるかはなぁ、顔も体も売りモンになるきれいなうちに死んだんや。何もできへん、しわだらけの惨《みじ》めな婆《ばあ》さんになるより、太く短い人生ってことでええしまいがついた思うわ」

おじちゃんが話してることはわからないけど「死んだ」ってのだけ頭ん中にはっきり、きた。

「お、お母さんは死んでません」

おじちゃんがはあって息をした。

「ほんま、しつこいな。死んだ言うてるやん。まぁそんなんどうでもええか。生きてるって思いたけりゃそう思っとったらええわ」

お母さんは、死なない。事故で死ぬ人はいるけど、お母さんは死なない。……どうしてお母さんは死なないんだっけな。ジブンの星にいるからだ。あそこはいいところだ。あれ、でもこのおじちゃんがきいちゃんなら、きいちゃんは戻ってきてる。ジブンの星にいても、こっちに戻ってこれるのかな。きいちゃんはおじちゃんになってる。年をとったら、戻ってくるのかな。

わからない。わからない。お母さんがこっちに戻ってきてて、死んでたらどうしよう。

むねんとこが、ドックドックする。うんこがつまった時みたいに下っ腹がパンパンになる。

おじちゃんは並べてたＤＶＤの、ジブンが返したのをつかんだ。

「お前、これ見たんか？」

おじちゃんが、下からジブンを見てる。

「はい」

くへって、っておじちゃんが笑う。

「母親でシコったんか、この腐れ外道が」

「ジブン、シコってません」

「はるかはごっつ物覚えが悪かったが、俺が徹底的に仕込んだったんや」

おじちゃんがタバコを一口吸う。

「おしゃぶりだけはピカイチになったから、ようけ稼がせてもろたわ」

おしゃぶり、で頭の中に出てきた。ちんちんを口の中に入れた、お母さんの変な顔。あれ、嫌だ。嫌だった。嫌なのに、頭ん中に出てくる。

頭をふっても、出てくる。嫌だ、嫌だ、嫌だ……下っ腹のパンパンなのがおっきくなって、けられたみたいにお腹がぐへってなった。のどのとこにぐおってのぼってきて、出る。口を押さえたのにすっぱいのがあふれて、苦しくなって下を向いたら出た。

「うわあっ、汚《き》ったねえ」

お腹がぐへっぐへってして、そのたんびにボタボタって出る。気持ち悪い、気持ち悪い。気持ち悪くっても、口から出たら楽になんのに、ならない。気持ち悪い、嫌だ。嫌だ。

「うっ、売りモンにゲロぶっかけんな。嫌がらせかっ」

あ、汚した。人のものなのに、汚した。しゃがんで、手でゲロを取ろうとしたら、何かいっぱいくさいのが広がった。

肩をけっ飛ばされて、後ろに転ぶ。頭をぶつけて、ごんって音がした。頭の中がワーンワーンする。起きて、頭の後ろの痛いとこをさわってたら、おじちゃんがゲロにまみれたＤＶＤをこっちに投げつけてきた。

「このクソがっ」

「もう俺に近寄んなや！」

おじちゃんが、いなくなる。ジブンのまわりにお母さんのＤＶＤがいっぱいあって、そっからすっぱい臭いがする。げえぇってなっても、口からは何にも出てこない。

お母さんは、死んだ。いいや、死んでない。けどジブンの星にいないかもしれない。こっちにいたら、死ぬかもしれない。もしかして星に帰っても死ぬのかな。死なないんじゃなかったかな。死んだのかな。嫌だ。死んだら嫌だ。

ああ、嫌だ。頭ん中の嫌なの、なくしたい。嫌だ、嫌だ、嫌だ。頭を地面に、ガッてぶつけた。頭の中がワーンワーンして、嫌なのがちょっとましになる。もう一回、ガッてぶつける。ワーンワーン。ガツッ。ワーンワーン……。

顔のほっぺのとこ、流れてる。汗かな？　赤い。あぁ、赤い。ガッ。ワーンワーン。痛い。ガッ……。

「あれ、何やってんだ」

後ろから、聞こえる。

「クスリ、キメてんのか？」

お腹が気持ち悪い。嫌なものが、空気が、げえって出る。おでこが痛い。痛い。痛い。

「ああああっ、あああああっ」

また嫌だ。嫌な感じがする。頭をぶつける。おもいっきりぶつけたら、頭の中がワーンワーンってなって、ぜんぶ、まっくらになった。

5

あぁ、まぶしい。ギラギラしてる。白いな。見えるもんが白い。天井かな。ツンって鼻にくる。シンナーみたいな臭いがする。

「ムラさん」

カンさんの声がしてる。そっちに顔を向けたら、おでこがズキンってした。

「痛っ」

「大丈夫ですか」

顔、カンさんの顔が近い。ここはカンさんの家かな。天井がいつも見てるのとちがう。どうしておでこんとこが痛いんだろ。

変な顔のお母さんと、出たり入ったりしてるちんちん。それがワーッて頭の中に出てきた。おじちゃんが、お母さんは死んだって……。ゲロまみれになったDVDと、くさい臭い。嫌だ。ああ、頭がいっぱいで、嫌だ。これ、嫌だ。なくしたい。だから、頭ガンガンした。頭、頭をガンガンしたら、ワーンってしてして消える。ガンガンしたいのに、寝たままじゃぶつけるとこがない。どうしよう。

「頭、嫌です」

「額のとこ、けっこうな傷になってるみたいで」

頭、ガンガンしたい。ワーンってして、消したい。あぁ、カンさんがいる。カンさんがいる。

「近いとこ、きてください」

「近いとこ？」

カンさんが近くにきた。うでのとこをつかんでぎゅってする。カンさんの頭に鼻をくっつけたら、カンさんの匂いがする。これで、ちょっとましになる。カンさんがいるのに、まだ頭に出てくる。嫌だ。嫌だ。カンさんをもっともっとぎゅってする。

ジャッと音がする。カンさんの体がビクッてふるえて、ジブンからゆっくりはなれた。

「あぁ、気がつかれましたか」

カーテンのそばにいるお兄ちゃんは、白い服を着てて、メガネをかけてる。誰だろ。やっぱりここは、カンさんちじゃないみたいだ。

「ここ、どこですか？」

「……病院です」

カンさんが教えてくれる。病院？　ジブン、どうしたんだろ。おでこが痛いの、現場でけがしたかな。あれ？　ジブン、現場に出てないけどな。おじちゃんにDVD返しにいって、それで……。

「目眩《めまい》や吐き気はないですか？」

白い服のお兄ちゃんの声は、低い。首にお医者さんがむねにあてるやつ、あれがぶら下がってる。病院なら、このお兄ちゃんはお医者さんかな。お医者さんはちょっと首をかしげて「ふらついたり、気分が悪くなったりはありませんか？」って聞いてきた。

「わかりません」

「ムラさん、起き上がれる？」

カンさんが言うから、起きた。お尻がズキッてして「痛い」って声が出た。

「痛みがありますか？」

お医者さんが近づいてくる。

「お尻が痛いです」

「お尻？　頭ではなく？」

「はい」

「腰も打ってたのかな？　それとも腰痛持ち？」

ジブン、腰打ったかな？　腰痛は、現場に出て、ずっとしゃがんでたりしたらたまにあるな。

「ジブン腰痛、あります」

「じゃあそれかな。気分が悪くなったりはないですか？」

「ないです」

「検査の結果も問題ないし、大丈夫かな……。浅田《あさだ》さん」

お医者さんが名前を呼んだら、お姉ちゃんが入ってきた。お姉ちゃんも白い服を着てる。かんごふさんかな。かんごふさんとお医者さんが話をしてる。「帰れそうですね」ってカンさんがジブンの顔を見た。あぁ、カンさんの家に帰れる。早く帰りたい。カンさんのベッドで寝たい。

しゃべってたらないのに、だまってたら頭の中に出てくる。お母さんの変な顔。お母さんが死んだっていうおじちゃん。お母さん、死んだのかな。けどジブンの星にいるのにな。こっちに帰ってきて、死んだのかな。よたばなしって、うそだ。何がうそなんだろうな。また、頭の中がいっぱいになってくる。

カンさんの手が、ジブンの顔をさわる。

「救急で運ばれた人の持ちものの中に、うちの住所が書かれたハガキがあるって病院から連絡がきて……」

顔をそろ、そろってする。カンさんの手は気持ちいいな。心配してるみたいな声もいいな。

「最初、薬の使用を疑われたそうです」

「ジブン、クスリはしません。お父さんがダメって言いました」

カンさんは「うん。検査もしてそちらはないそうです」ってうなずく。

「その額、自分でしたんですか？」

ひたいは、おでこだな。おでこはズキズキしてる。さわったら、ツキって痛みが大きくなった。

「前も床にぶつけてましたよね」

「はい」

「痛くないんですか？」

「痛いです。けど、ワーンってしたいです。嫌です。嫌で気持ち悪くて……」

「ワーンが何なのか俺にはわからないけど、頭をぶつけるのを止《や》められませんか。今回みたいに意識をなくすとかヤバいです」

話してたら、お医者さんが「もうお帰りになって大丈夫ですよ」って言った。早くカンさんの部屋に帰って、この頭の中をなくしたい。ベッドから立ったら、またお尻のところがズキンって痛む。あぁ、嫌だな。

「あの」

背中のほうから、声がする。かんごふさんがこっちを見てる。

「あの、服が汚れています。お腰のところが……」

後ろを向いたら、ズボンのお尻が赤くなってた。

「大丈夫ですか?」

「お尻、痛いです」

こっちにきたお医者さんが「あっ、こりゃ酷いな」って言うのが聞こえた。

「診《み》てみましょうか」

「いいです」

「ムラさん、たまに血が出てますよね。診てもらったらどうですか?」

「寝てたらなおります」

カンさんに「治療したほうが早くよくなりますよ」って言われて、そうなのかな? って、早く帰りたいけど、痛いのなくなったら楽かなって思って、お尻を見てもらうことにした。

ベッドのまわりにカーテンがひかれる。カンさんはカーテンの外にいて、中にいるのはジブンとお医者さんとかんごふさんの三人だ。

「……あぁ、これは」

お医者さんの声がする。

「こうなったの、いつ頃からですか？」

いつだったかな？　お尻が痛くなったの……あぁ、そうだ。

「お尻にちんちん、入ってからです」

かんごふさんが「はっ？」て首をかしげてる。わからなかったのかな？

「お尻にちんちん入って、血が出ました。痛かったです」

「うーん」ってお医者さんが犬みたいにうなってる。

「こちらで軟膏を処方しておきますが、一度消化器外科に診てもらったほうがいいかもしれませんね」

お医者さんは、痛いとこに何か薬をぬってくれた。冷たくってちょっとしみる。ひりひりするのを、これでよくなるかなってがまんした。

着がえがないから、同じズボンをはく。股のとこが赤くておもらししたみたいで嫌だけど、しかたない。かんごふさんが、パンツの股のところに、薄茶色のハンカチみたいなのをたたんでテープでくっつけてくれた。カンさんが買ってくれてるハンカチに似てるな。「出血がある時は、ナプキンをあてるといいですよ」ってかんごふさんは言うけど、なぷきんって何だろな。

カーテンがあく。「処方箋は出しておきますので」ってお医者さんがカンさんに言ってる。

カンさんが先に部屋を出て、ジブンもあとからついていく。「支払いがあるので、少しここにいてください」ってカンさんに言われたのは、黒い長イスがいっぱい並んでるとこだ。誰もいないから、横になる。目はとじない。寝たら、また嫌なものでいっぱいになる。今も、頭ん中は嫌なものでモヤモヤしてる。

「お大事に」

カンさんは、はなれたとこに座ってる。どうして近くじゃないのかな。そっちにいっちゃダメかな。ここにいてって言ってたから、ここにいないとダメかな。ちゃんと言うことときかないとダメかな。

お母さん、お母さん……死んだのかな。会えないのかな。死んだって、うそつかれたのかな。何がうそなのかわかんないな。どこにいるんだろうな。いないのかな。いなかったら、会えないな。

ジブンの星にいっても、お母さんはいないのかな。お母さんがいなかったら、さびしいな。お父さん、お父さんはいるよな。

むねのとこが、ズウンってする。お父さんもいなかったらどうしよう。お母さんがいなかったら、お父さんもいないかもしれない。ジブンだけ向こうにいっても、さびしいよ。ジブンの星にお父さんがいなかったら、どこにいるんだろ。あ……どうしよ。お父さん、死んでたらどうしよう。

神辺さんが、警官が、お父さんが死んだって、何回も何回も言ってた。ジブンの星にいると思ってたけど、いってなくて、お母さんみたいに帰ってきてて、死んでたらどうしよう。あぁ、嫌だ、嫌だ、嫌だな。

頭に何かギチギチつまってきて、お腹がまぜるみたいにうぐっ、うぐってしてくる。ジブンの前に、カンさんがきた。

「帰りますよ」

そう言って、カンさんが歩く。カッカッカって、薄暗いろうかを歩く。ジブンも起きて、歩く。おいてかれそうで、急ぐ。お尻がちょっと痛い。痛いな。


病院の外は、真っ暗じゃない。まわりは青くって、手配師の車のとこにいくぐらいの時間かな。ここ、知らないとこだ。あれ、やっぱり知ってるとこかな？　よくわかんないな。カンさんの足が速くて、おいてかれそうだ。急いで急いで、息がハッハッしてきて、カンさんのうでをつかんだ。カンさんがおどろいたみたいにビクッとして、バッとジブンの手を払った。乱暴なのにびっくりして足を止める。カンさんも、こっちを向いた。

「あ、すみません」

カンさんがあやまった。現場には乱暴な人がいる。人を叩いたり、怒鳴ったりする人だ。ジブンはそういう人に近づかないようにしてた。何かされたら「ごめんなさい」して逃げた。お父さんに「乱暴な奴には、最初から関わるな」って何回も言われた。

カンさんは、ジブンに乱暴なことはしない。でも今のは乱暴だった。頭が、むねのとこが、つまった感じになる。嫌だ、嫌だな。どうしたんだろ。

カンさんが下を向いて、頭んとこに手をおいてガリガリかいてる。

「俺、まだちょっと混乱してて」

カンさんの声、元気がないな。どうしたのかなって気になる。それと乱暴なカンさんは嫌だな。近くにいたいけど、嫌だな。

頭の中が嫌な感じになってきた。変な顔のお母さんと、くへって笑うおじちゃん。鉄板の下から出てきた骨。お母さんのスカートと同じ、黄色い花のついたゴム。お父さんが死んだって言う怖い神辺さん。

頭ん中がギチギチしてくる。ジブンのお父さんとお母さんはどこにいるんだろ。ジブンの星にいないのかな？　みんな「死んだ、死んだ、死んだ」って言う。本当に死んだのかな。じゃあむかえがきても、ジブンは一人かな。嫌だな。一人は嫌だな。

あぁ、またきた。嫌なのがきた。頭ん中が嫌だ。この嫌なの、なくしたい。カンさん、カンさんが近くにいたら、いい。そうしたら……。

カンさんのうでをつかんだ。匂いをかごうとしたら、また、ふり払われた。どうしてだろ。どうして？　これ、嫌だな。

「マジで今、ちょっと無理なんで」

カンさんが、低い声で話してる。

「何が無理ですか？」

「診察の時の、聞こえてきてて……」

しんさつの時？　しんさつがどうかしたかな？

「ムラさん、そういうことに疎いタイプだって勝手に思ってたから」

「そういうことは、何ですか」

「だから……その、多分、俺のいなかった時のことです」

「ジブン、わかりません」

カンさんは、少しだまってた。

「ムラさんのすることに、俺がどうこういう権利はない。わかっててもまだ動揺してて……冷静になって頭を整理する時間をください」

カンさんが何を言ってるのかわからない。ちゃんと聞いてもわからないよ。ジブンは、頭の中をどうにかしたい。嫌なのを早くなくしたい。どうしてカンさんは、乱暴になったのかな。嫌がってるのかな。ジブンが何かダメなことをしたかな。ダメなこと……あ、あれだ。どろぼうかな。

「ジブン、ＤＶＤをおじちゃんに返しました。お金を払ってなかったので、返しました。だからどろぼうじゃありません」

カンさんが「はは」って笑った。笑ってるのに、笑ってないみたいで変だな。

「そういうことじゃないです」

どろぼうが嫌じゃなかったのかな。それならいいか。さわってもいいのかな。カンさんのうでをもっかいつかんだ。そしたらまた、すごいいきおいで払われた。あっ、てなる。怖い。カンさんが怖い。怒ってる。カンさんは、すごく怒ってる。

「ごめんなさい」

「別に、ムラさんが謝ることないです」

「カンさん、怒ってます」

カンさんの顔が急に赤くなった。

「……すみません。少しのあいだだけ一人にさせてください」

「さわりません。横にいていいですか？」

カンさんは「まいった」って頭に手をおく。お母さんとお父さんで頭ん中が嫌だったのが、カンさんもいっしょになって、もっと嫌な感じになる。

「ジブン、カンさんいたら、いいです。だから……」

「ムラさんはよくても、俺がキツイんです。今、かみ合わない話をしてるのも正直、しんどい」

ジブンは、カンさんに何もしてない。さわってない。近くにいるだけなのにな。

「ジブン、カンさんといたいです」

カンさんは、だまってた。しばらくだまって、それから「俺は、今はムラさんといたくないです」って言った。いたくない、いっしょにいたくない。嫌だから、いたくないのかな。自分、嫌われたかな。どうしてかな。どろぼう、あやまったのにな。どうして自分は嫌われたのかな。

あぁ、怖いよ。怖いな。自分を嫌いなカンさんが、怖いな。どうしてかな。

じりっ、じりっ、てあとずさった。カンさんからちょっとずつはなれてって、そしたらドンッて何かにぶつかった。電柱だ。これが電柱ってわかったのに、頭がわーってなって、走った。

タアッ、タアッて自分の靴の音がおっきく聞こえて、ハアッ、ハアッで息が苦しくなる。

カンさんが、怖い。嫌われてるのが、怖いな。嫌われたら、そばにいちゃいけない。嫌な気分にさせるから。走って、走って、しんどくなって、足が止まった。そおっと後ろを向いても、カンさんはいない。いっぱい走ったから、いなくなった。

駅みたいなのが見えてきた。横長のベンチがあったから、座る。むねはドックドックして、息はずっとハァハァしてる。

「カンさん、ごめんなさぁい」

カンさんは見えないけど、聞こえてる気がするからあやまった。

「ごめんなさぁい」

何かわからないけど、何か、ダメだった。何だろな。どうしてだろうな。ずっとカンさん、優しかったのにな。ジブンに優しかったのにな。お父さんみたいに優しかったのにな。

目の前は、青い。誰もいない。ああ、今すぐむかえが来ないかな。ジブンの星に、帰れないかな。……そこにお母さんと、お父さんはいるのかな。ジブンの星に、お母さんとお父さんがいなかったら、ジブンは一人だな。それは嫌だな。嫌だ。どうしたらいいんだろ。目のとこがじわって熱くなって涙が出てきた。カンさんは、ジブンの何だろうな。友達かな。みんな友達って言うけど、友達って優しい人かな。小学校の時とか、近くにいても、嫌なこと言う子ばっかりだったな。友達って何だろうな。

お父さんもお母さんも、優しかったな。家族は、優しいな。でもカンさんは、家族じゃないな。何がちがうんだろうな。よくわかんないけど、いっしょにいたかったな。さわってたかったな。嫌なことがあっても、なくてもさわってたかったな。

涙は、悲しいな。悲しいから、出るな。カンさんに嫌われて、悲しいな。お母さんと、お父さんがいなかったら嫌だな。

あぁ、嫌だ。嫌だな。嫌なのが、頭の中でわーっていっぱいになって、嫌だ。いっぱいで、ギチギチする。どうしたらこの嫌なのがなくなるんだろ。

ベンチに頭をぶつけた。カンさんはぶつけるの、やめろって言ってたな。でも嫌だよ。嫌なので、いっぱいだよ。痛いけど、ワーンってしたら嫌なのがちょっとなくなる。ガッてぶつけてワーン、ガッてぶつけてワーン。おでこが痛いから、寝転がって頭の後ろをぶつけた。こっちでもワーンってする。ガッてぶつけてワーン、ガッてぶつけてワーン。ワーン、ワーン、ワーン、ワーン。

「あの、すみません」

声がする。そっちを見たら、警官の服。警官だ。警官……お金を払わないでＤＶＤを持っていったの、ばれたかな。けどジブン、返した。おじちゃんに返した。

「通報がありまして。少しいいですか？」

警官は嫌だ。嫌なことを言うから、嫌だ。立って、歩いた。後ろを向く。警官はいるけど、ついてきてない。

お父さんと、お母さんと、カンさん。お父さんと、お母さんと、カンさん。頭はずっと、嫌な感じだ。歩いてたら、青いのがだんだん薄くなって、明るくなってきた。短いトンネルみたいなとこに入ったら、ガタンガタンガタンって上からおっきな音がした。あぁ、おっきい音だな。おっきい音は、頭の中がいっぱいになるな。

トンネルの、壁のとこに座る。ガタンガタンガタンガタンっておっきな音が回る。うるさい。けどうるさくないと、お父さんと、お母さんと、カンさんが頭に出てくる。それが出てくるたんびに、頭が嫌になる。

ガタンガタン、お父さん、お母さん「ああああああ」ガタンガタン、カンさん、お父さん、ガタンガタン、お母さん、カンさん「ああああああ」ガタンガタン、ガタンガタン、ガタンガタン……あぁ、ガタンガタンが消えた。

「ああああ　ああああ　ああああ　ああああ」

お父さん、お母さん、カンさん……。

「うっさいわ」

しゃがれた怒鳴り声に、のどんとこがヒッてなった。トンネルの奥で、何か動いてる。ダンボールが動く。誰かいた。いた。いた。

「朝っぱらから叫んどんちゃうぞ！　クソが。どっかいけ」

怒られた。叫んでて怒られた。怒られた。あぁ、寝てたのかな。迷惑かけたな。

「ごっ、ごめんなさい」

トンネルのとこを出る。嫌だ。いっぱい嫌だ。出てこなくていいのに、嫌なことが出てきて、頭とむねのとこが苦しい。あぁ、早くジブンの星にいきたい。ジブンの星、いけるかな。むかえはいつかな。今がいいな。お母さんは「いい」って言ってたから、きっと嫌なことはなくなるんだろうな。

嫌なことがないのに、お母さんはこっちに帰ってきてたのかな。死んだのかな。わからない。

わからないな。ジブンの星って、どこにあるのかな。夜に、見えたりしないのかな。カンさんの絵の中に、見えないかな。

歩くのしんどい、しんどいなって歩いてたら、足場を組んだ家があった。入っても、音がしない。人が見えない。足場のとこで横になる。大工が来る前に出たらいいかな。見られなかったら、怒られない。

カンさんちに帰りたい。でも帰れない。カンさんに嫌われた。ドクドクしてるむねんとこに手をあてる。いつもと何か、ちがうな。どうしてだろな。むねのとこさわってて、わかった。首に部屋のカギとカンさんちの住所の紙をかけてたのに、なくなった。どこかで落としたかな。あの紙がないとカンさんちに帰れない。帰りたくても、帰れない。帰っちゃいけない。帰りたいな。嫌われたな。頭がまた、嫌な感じになる。なくしたい。足場に頭を打ちつける。カンって頭の下から金属の音がする。カン、ワーン、カン、ワーンってしてたら、ワーンてしてるうちに、ちょっと寝てた。足場にくっついた顔が、寒い。寒い。じっとしてたら寒い。足場の金属が、寒い。

外が、じわぁって明るくなってくる。大工はまだきてない。来る前に、外へ出た。怒られるのは、もう嫌だ。歩いて、歩いて、歩く。息の白いのが、ハッハする。ちょっとずつ寒いのがましになる。前も、寒いとそうしてた。歩いてたな。

おしっこがしたい。公えんもコンビニもないな。ダメだけど、がまんできないから店と店のあいだの細いとこに入って、そっとする。おしっこから、寒い時のゆげが出てる。

お腹が空いた。カンさん、お腹が空いた。あぁ、嫌だ。嫌だ。嫌だな。嫌だな。頭の中から、カンさんがいなくなればいいのになぁ。いなくなったら、頭、楽になるかな。

どうしてカンさんに嫌われたんだろう。ジブンが悪かったのかな。何が悪かったんだろうな。ジブンを怒る人はいっぱいいるけど、どうして怒られてるかわかる時とわからない時があるからな。カンさんはわからないな。

嫌だな、嫌だな。また涙が出てきた。どうして涙が出るのかな。悲しいのかな。カンさんに嫌われたからかな。乱暴にされたからかな。乱暴な人はいるし、痛いこともされたことあるのに、そういうのはすぐになくなるのに、どうしてカンさんだと頭がずっとこんなんかなぁ。

何か見たことあるとこにきた。あぁ、遠くにセンターがあるな。センターにいったら、カンさんちはわかる。何回もいったりきたりしたから、わかる。

足が止まる。やっぱり帰らない。嫌われたから、帰れない。嫌だなぁ。怖いなぁ。頭が、嫌だ。嫌だ。嫌なの、頭ん中から、なくならないかな。

「あああああああああっ」

おっきな声で、叫んだ。

「ああああああああああ」

ジブンの声が、ジブンの頭の中でワーンってする。そん時は、嫌なのがなくなる。だから、叫ぶ。

「おぉ、びっくりした」

前のほうの、近いとこから声がした。道の横にとまってる黒いハコバン、坊主のおっちゃんが、カンさんと同じ坊主の頭が、窓から顔を出して「よぅ」って手をふってた。

「兄ちゃん、デコんとこどうしたんや？」

「痛いです」

「見たらわかるわ。でかい絆創膏貼っとるし、血出とるしな」

手配師のおっちゃんかな。手配師の車はセンターのとこにいる。でも、そこじゃないとこで土工を集めてる車もいる。坊主のおっちゃんが「腹へってない？」って聞いてきた。お腹、空いてる。

「おにぎり、車ん中あるで。食うてきな」

「お金、ありません」

「そんなんタダでええわ」

タダでいいのか。いい人だなって、車に乗った。車には、ジブンしかいない。おっちゃんは、お茶とおにぎりをくれた。おにぎりはこんぶでおいしい。「好きなだけ食べていい」って言ったから、三つ食べた。食べながら、カンさんのことを考えた。カンさん、朝ご飯食べてるかなって、考えた。

「お兄ちゃん、免許持ってるか？」

「持ってません」

「持ってないんか。まぁ、ええわ。なぁ、うちで働かんか」

お父さんが、センターじゃないとこの車には、乗るなって言ってた。寮の人も、みんな言ってた。悪い現場が多いって。悪い現場は、仕事がキツくて、けがして、人が死ぬとこだ。けど坊主のおっちゃんはおにぎりをくれた。親切な人だ。

「現金でもええで。ま、基本は契約なんやけどな」

カンさんちには、帰れない。けど、寝るとことご飯のお金は借金だから、カンさんに払わないといけない。ジブンは、働かないといけない。ご飯が出て、寒くないとこで寝て、お金を払わなくても払えって言わないのはカンさんだけだった。

働くのはいいけど、現場で神辺さんに会ったら嫌だな。またお父さんが死んだって言うかな。本当に死んでるのかな。お母さんも死んでるのかな。死んでたらジブンが死んだって言うかな。な。ジブンの星って、あるんだよな。ジブン、宇宙人だよな。あのおじちゃん、きいちゃんみたいに笑うおじちゃん、よたばなしって言ったな。うそ、うそだったら、ないな。もしかして、ないのかな。いいとこ、ないのかな。……あぁ、しんどいな。

いいとこなくても、カンさんはいる。お父さんとお母さんがいなくても、カンさんはいるな。あぁ、カンさんに会いたい。カンさんだけだな。カンさんはいるけど、さびしいな。悲しいな。嫌われたから、悲しいなぁ。お金、返さないとな。もっともっと嫌われたら嫌だから、返さないとな。お金、返したらもう怒らないかな。許してくれるかな。

「ジブン、契約がいいです」

「おっ、そうか」

坊主のおっちゃんの声がうれしそうになる。よかった。

「うちは働くのがな、ほんま短い時間でええねん。楽やで。そのかわり、現場が北のほうで、ちょっと遠いんやけどな」

遠いのは、いい。遠いとこだったら、神辺さんはいない。おじちゃんが、ははって笑った。

「電気、ぎょうさん作っとるとこや。海のそばでなぁ」
あぁ、海、海が近いのか。海のそばはいい。いいな。いいなぁ。

《完》

初出

本書はホーム社文芸図書WEBサイト
「HB」(https://hb.homesha.co.jp/)の連載
「惑星」(二〇二三年三月〜二〇二三年一一月掲載)を
加筆・修正したものです。

※本書はフィクションであり、
実在の人物、団体等とは一切関係がありません。

装画　平庫ワカ
装幀　鈴木久美

木原音瀬（このはら・なりせ）

高知県出身。一九九五年『眠る兎』でデビュー。『美しいこと』『箱の中』をはじめとするボーイズラブ作品を多数発表。そのほかの著書に『ラブセメタリー』『罪の名前』『ココロシムラ』「捜し物屋まやま」シリーズ、「吸血鬼と愉快な仲間たち」シリーズなどがある。

惑《わく》星《せい》

二〇二四年九月三〇日　第一刷発行

著　者　木原音瀬《このはらなりせ》

発行人　茂木行雄
発行所　株式会社ホーム社
〒一〇一-〇〇五一　東京都千代田区神田神保町三-二九　共同ビル
電話　編集部　〇三-五二一一-二九六六
発売元　株式会社集英社
〒一〇一-八〇五〇　東京都千代田区一ツ橋二-五-一〇
電話　販売部　〇三-三二三〇-六三九三（書店専用）
読者係　〇三-三二三〇-六〇八〇
印刷所　大日本印刷株式会社
製本所　ナショナル製本協同組合
本文組版　有限会社一企画

Wakusei

Printed in Japan　ISBN 978-4-8342-5387-0　C0093
JASRAC 出 2404070-401